Тоска

契诃夫小说选集

苦恼集

〔俄〕契诃夫 著

汝龙 译

人民文学出版社

图书在版编目（CIP）数据

契诃夫小说选集. 苦恼集/（俄罗斯）契诃夫著；汝龙译. —北京：人民文学出版社，2021
ISBN 978-7-02-012928-7

Ⅰ.①契… Ⅱ.①契…②汝… Ⅲ.①短篇小说—小说集—俄罗斯—近代 Ⅳ.①I512.44

中国版本图书馆CIP数据核字（2017）第136737号

策划编辑	张福生
责任编辑	李丹丹
装帧设计	刘　静
责任印制	王重艺

出版发行	人民文学出版社
社　　址	北京市朝内大街166号
邮政编码	100705
网　　址	http://www.rw-cn.com
印　　刷	三河市博文印刷有限公司
经　　销	全国新华书店等
字　　数	95千字
开　　本	787毫米×1092毫米　1/32
印　　张	7.875
印　　数	1—3000
版　　次	2021年4月北京第1版
印　　次	2021年4月第1次印刷
书　　号	978-7-02-012928-7
定　　价	31.00元

如有印装质量问题，请与本社图书销售中心调换。电话：010-65233595

目　　次

我的一生 …………………………… 1

苦恼 ……………………………… 186

诽谤 ……………………………… 199

无题 ……………………………… 209

阿尔比昂的女儿 ………………… 218

胖子和瘦子 ……………………… 228

功败垂成 ………………………… 234

别墅的住客 ……………………… 239

我的一生

一个内地人的故事

一

主任对我说:"我留用您,纯粹是出于对您可敬的父亲的尊重,要不然您早就从我这儿滚开了。"我回答他说:"大人,您认为我会滚开,未免过奖了。"这以后我就听见他说:"把这位先生带走,他惹得我冒火。"

过了两天光景,我就给辞退了。自从我被人看做成人以来,我照这样更换了九次工作,这使得我父亲,一个城市建筑师,十分伤心。我在各式各样的机关里做过事,可是所有那九种职务却彼此相像,就跟这滴水和那滴水相像一样:我总得坐着写字,听愚蠢的或者粗鲁的训斥,等着革职。

我去见我父亲的时候,他正靠在一把圈椅上,闭着眼睛。他的脸又瘦又干,胡子剃光的地方颜色发青,如同一个天主教年老的管风琴琴师,脸上现出谦卑的、听天由命的神情。他没有理睬我的问候,也没有睁开眼睛,只是说:

"要是我那亲爱的妻子,你母亲,如今活在世上,那你的生活就会成为她经常苦恼的源泉。她死得这样早,我看倒是天赐之福了。"他睁开眼睛,接着说,"请你教一教我,你这倒霉的家伙,我拿你怎么办呢?"

从前我年纪小的时候,我的亲人和朋友都知道该拿我怎么办:有的劝我去参军,有的劝我进药房,有的劝我进电报局,可是现在我已经满了二十五岁,两鬓甚至出现了白头发,我已经参过军,做过药剂师,进过电报局,人间的一切工作我好像都已经干完,别人就不再劝我,只是叹气或者摇头了。

"你对你自己是怎样想的呢?"父亲接着说,"一般年轻人到了你这种年纪都有牢靠的社会地位了,可是你看看你自己:没家没业,穷叫化子,吊在你父亲的脖子上靠他养活!"

照例,他接着讲到现在的青年人都在自取灭亡,因为他们不信宗教,却相信唯物主义,过分的自高自大,还讲到业余演出应该加以禁止,因为这种东西引诱青年离开宗教,放弃自己的责任。

"明天我们一块儿去,你要跟主任赔罪,答应他以后勤恳地工作,"他最后说,"你一天也不应该没有社会地位。"

"请您听我讲一下,"我闷闷不乐地说,我对这种谈话根本不存一点好指望,"您所谓的社会地位是用金钱和教育换来的特权。没有金钱和没受过教育的人靠体力劳动来糊口,我看不出我有什么理由应当成为例外。"

"你一讲到体力劳动,你那些话就又愚蠢又庸俗!"父亲气恼地说,"你要明白,蠢材,没脑筋的家伙,你除了粗野的体力以外还有神灵,圣火①,它使你远远地高出驴子和爬虫,使你接近神!几千年来只有最优秀的人才能够得到这种圣火。你曾祖父波洛兹涅夫将军在包罗吉诺一带鏖战,你祖父是诗人、演说家、首席贵族,你伯父是教师,最后我,你父亲,是建筑师!波洛兹涅夫家历代的人传下这种圣火来,莫非是要你来扑灭它!"

"应当公平才对,"我说,"成千累万的人都在从事体力劳动。"

"让他们去从事体力劳动好了!此外他们也不会干别的!体力劳动什么人都干得了,就连十足的蠢货和犯人都会干,这种劳动正是奴隶和野蛮人的特点,圣

---

① 指天才。

火却只有少数人才能得到!"

再谈下去也无益了。父亲崇拜自己,对他来说只有他自己说的话才能使他信服。此外我很清楚地知道,他评论粗重劳动的高傲态度骨子里倒不是出于圣火之类的考虑,而是因为他暗自担心,深怕我去做工人,招得全城的人纷纷议论。主要的是所有我的同辈早已在大学里毕业,有了很好的前程,国立银行办公室主任的儿子已经做了八品文官,我这个独生子却什么也说不上!再谈下去是无益了,也不愉快了,可是我仍旧坐在那儿,无力地反驳他,希望他终于会了解我。其实,整个问题又简单又清楚,无非是我如何谋生的方法罢了,可是父亲没看出这种简单,却找出些堂皇得肉麻的话来跟我讲包罗吉诺,讲圣火,讲伯父,讲一度写过虚假的坏诗、如今已经被人忘记的诗人,粗暴地骂我是没脑筋的家伙和蠢材。我却多么希望他明白我的意思啊!不管怎样,我是爱我父亲和我姐姐的。我从小就养成习惯,遇事向他们要主意,这个习惯已经根深蒂固,日后恐怕也改不掉了。我做得对也好,不对也好,总是怕伤他们的心,我深怕父亲激动得涨红他那细脖子,深怕他中风。

"对我这种年纪的人来说,"我说道,"老是坐在一个不通气的房间里抄写,好比一架写字的机器,未免丢脸,难堪。这哪儿谈得上什么圣火呢!"

"这毕竟是脑力劳动啊,"父亲说,"可是算了,别再谈下去了。不管怎样我要警告你:要是你再不去上班,而追随你那种可鄙的倾向,那我和我女儿就不再爱你。我当着上帝发誓:我要取消你的继承权!"

我十分诚恳地想要证明我的动机完全纯正,我打算一辈子照这原则生活,我就说:

"对我来说继承权问题是不关重要的。我预先声明,我不要一切遗产。"

不知什么缘故,完全出乎我的意料,这些话深深侮辱了我父亲。他涨得满脸通红。

"不准你跟我这样讲话,蠢材!"他用尖细的声音叫起来,"坏蛋!"他又敏捷又灵便地用习惯的动作照准我的脸颊打了两巴掌,"你变得无法无天了!"

我小时候,父亲一打我,我一定站得笔直,手心对着裤缝,直直地瞧着他的脸。如今他打我,我张皇失措。仿佛我的童年仍旧在继续着似的,我挺直身体,极力直着眼睛瞧他的脸。我父亲苍老了,而且很瘦,可是他的瘦筋肉一定像皮带那么结实,因为他把我打得很痛。

我往后退,退到了前堂,他在前堂抓起他的伞,照准我的脑袋和肩膀又打了好几下。这时候姐姐推开客厅的门,想看一看为什么这样吵闹,可是她立刻现出害怕和怜悯的神情扭转身回去了,没有替我说一句求情的话。

我那种不预备回办公室而打算过新的劳动生活的心愿已经没法动摇了。剩下来要做的只有选择哪种行业,这是不大困难的,因为我觉着我很强壮,刻苦耐劳,最繁重的劳动也担得下来。我的面前摆着一种单调的工人生活,半饥半饱,四下里一股臭气,环境粗俗,经常盘算工钱和面包。而且谁知道呢?日后我下工回来,走过大贵族街,也许会不止一次地嫉妒靠脑力劳动生活的工程师多尔日科夫吧,可是现在我想到日后这种种苦处反而觉着高兴。从前我也想望精神活动,一会儿想象自己做教师,一会儿想象自己做医师,一会儿想象自己做作家,然而想望始终只是想望罢了。我对智力方面享受的爱好,例如对戏剧和阅读的爱好,曾经发展到入迷的地步,可是我究竟有没有脑力劳动的才干,那我就不知道了。在中学念书的时候,我对希腊语厌恶极了,因此我念到四年级,家人只好把我从学校里领出来。家里有很长一段时期请了家庭教师,给我补习功课准备考五年级。后来我在各式各样的机关里做事,每天大部分时间都十分清闲地度过,而人家却对我说,这就是脑力劳动。我在读书和做事方面的活动并不需要什么脑力的紧张,也不需要什么才能或者个人的才干,更不需要创造的热情,那是一种机械的活动。

我把这样的脑力劳动看得低于体力劳动,我瞧不起它,我认为这种劳动一分钟也不能成为人们过无忧无虑的闲散生活的借口,因为这种劳动本身不是别的,只不过是一种骗局,只不过是闲散的一种形式罢了。大概,真正的脑力劳动我还从来没有见识过吧。

傍晚来了。我们住在大贵族街,这是城里的一条主要街道。由于缺乏像样的城市公园,我们的 beau monde① 每逢傍晚总到这条街上来散步。这条美丽的街道多多少少代替了公园,因为街道两旁生长着白杨,发散着一股股清香,特别是在雨后。另外从围墙里和小花园里露出一棵棵洋槐树、高高的紫丁香树丛、稠李树、苹果树。虽然春天是每年必来的,然而这种五月的暮色、这种娇嫩清新的绿荫、这种紫丁香的芬芳、这种甲虫的嗡嗡声、这种寂静、这种温暖,这一切多么新奇,多么不平常啊!我站在便门的门口,看那些散步的人。

---

① 法语:上流社会的男女。

我跟其中大多数的人一块儿长大,从前一块儿玩过,现在我站在他们旁边却只能使他们发窘,因为我穿得寒酸,又不时髦,人家看到我的很窄的裤腿和又大又笨的靴子,就说这好比两条通心粉挂在海船上。此外,我在城里的名声很坏,这是因为我没有社会地位,常在便宜的酒馆里打台球,也许还因为我有两次被人硬拉去见宪兵军官,而在我这方面其实并没有犯什么过错。

街对面那所大房子里,工程师多尔日科夫家里,有人在弹钢琴。天色黑下来,星星开始在天空眨眼。这时候我父亲一面跟熟人点头,一面慢慢走过去,他戴着一顶旧的高礼帽,宽帽檐已经向上卷起来。他用胳膊挽着我姐姐。

"你看!"他对我姐姐说,同时他举起刚才用来打过我的那把伞指着天空,"你看天空!那些星星,连顶小的也算上,都是一个个世界!跟宇宙相比,人是多么渺小啊!"

照他说话的口气听来,倒好像他自己这样渺小,对他来说是非常荣耀和愉快的事似的。他是一个多么庸庸碌碌的人啊！不幸他是我们城里唯一的建筑师，就我的记忆来说，近十五年到二十年以来城里就没有盖过一所像样的房子。每逢人家来请他设计，他总是先画出大厅和会客室。如同旧日贵族女子中学的学生跳舞必得从炉子旁边跳起一样，他的艺术构思也只能以大厅和会客室做出发点，往前进展。他画好大厅和会客室以后，再画饭厅、儿童室、书房，各房间都有门通连着，结果那些房间就不免成了过道，每个房间都有两道以至三道多余的门。大概他的构思总是不清楚，非常杂乱，丢三落四。他每回都似乎觉着还缺点什么，就想出各种拼凑的办法，这儿添一间，那儿挤一间。我至今还记得那些又窄又小的前堂、又窄又小的过道、弯弯曲曲的小楼梯，那些楼梯通到阁楼上，人要站在阁楼里就非弯着腰不可，并且那里的地板是三层大台阶，像是浴室里的蒸浴床。厨房一定在房子底下，盖着拱顶，铺着砖地。房子的正面显出死硬冷酷的气派，线条干巴巴，却又怯生生。房顶低矮而扁平。在那些仿佛加了奶油的粗烟囱上必得扣着用铁丝编的罩子，罩子上总有一个吱哩吱哩响的黑色风向标。这些由我父亲设计造成的房屋彼此十分相像，而且不知什么缘故总是使我隐隐约约联想到他那顶高礼帽和他那死硬干瘪的后脑勺。日积月累，城里人也就看惯我父亲的平庸，于是这平庸生下根，变成我们的风格了。

父亲还把这种风格带到我姐姐的生活里来。首先他给她起了一个名字叫做克丽奥佩特拉（如同给我起的名字叫做米萨伊尔一样）。她年纪还小的时候，他就给她讲星星啦，古时候的圣贤啦，我们的祖宗啦，使她听得战战兢兢。他花很长的时间给她解释究竟什么叫做生活，什么叫做责任。现在她已经二十六岁，他却仍旧讲他的老一套，只许她跟他一个人出门，挽着他的胳膊。不知什么缘故，他想象早晚一定会出现一个规规矩矩的青年人，由于尊敬他的人品而愿意跟她结婚。她呢，崇拜我父亲，怕他，相信他的不平常的智慧。

苦 恼 集

天完全黑了,街上渐渐没有人了。对面房子里的音乐声停下来,街门大开,一辆由三匹马拉着的马车跑出来,沿着我们的街道跑去,一路上小铃铛轻柔地响着。这是工程师带着女儿坐车出来兜风。我却到了该睡觉的时候了!

正房里有我自己的房间,可是我住在院子里一个小屋里,这个小屋跟用砖砌成的堆房共用一个房顶。当初造这个小屋大概是为了存放马具的,墙上钉着大钩钉,可是现在这个小屋没用了,父亲三十年来在这屋里存放报纸,不知什么缘故还把这些报纸每半年装订成一册,不准人动一动。我住在这儿,父亲和他的客人看见我的机会就比较少。我觉着既然我不是住在一个真正的房间里,又不是每天到正房里去吃饭,那么父亲所说的我靠他养活的话听起来就似乎不那么使人难堪了。

姐姐在等我。她瞒过父亲把晚饭给我带来了:一小块冰凉的小牛肉和一小块面包。我们家里常常说这样的话:"钱要算计着花","省了小钱就来大钱"等等,姐姐经不起这些俗套头的压力,就千方百计节省开支,因此我们吃得很坏。她把碟子放在桌子上,她自己在我的床上坐下,哭起来。

"米萨伊尔!"她说,"你在怎样对待我们啊?"

她没有用手蒙住脸,她的眼泪滴在她的胸脯上,手上。她的神情悲伤。她一头倒在枕头上,让眼泪尽情地流出来,周身颤抖,发出抽抽搭搭的声音。

"你又辞职……"她说,"啊,这是多么可怕呀!"

"可是你要明白我的意思才好,姐姐,你要明白我的意思才好……"我说。她一哭,我简直急坏了。

仿佛故意捣乱似的,我的小灯里的煤油已经完全烧光,灯里冒出黑烟,灯就要灭了。墙上的旧钩钉显出凶相,它们的阴影跳动不定。

"可怜可怜我们吧!"姐姐坐起来说,"父亲非常忧愁,我心里难过,简直要发疯了。你将来怎么办呢?"她问道,她一面哭着一面向我伸出手来,"我求求你,我央告你,我凭我们去世的母亲的名义请求你:回去工作吧!"

"我办不到,克丽奥佩特拉!"我说,觉着再过一会儿我就要屈服了,"我办不到!"

"为什么呢?"姐姐接着说,"为什么呢?是啊,要是你跟你的上司处不好,那就另外谋一个差事也行。比方说,你何不到铁路上去工作呢?我刚才跟安纽达·布拉戈沃谈过,她断定铁路局肯用你,她甚至答应去替你奔走呢。看在基督分上,米萨伊尔,好好想一想!好好想一想吧,我求求你了!"

我们又谈了一会儿,我就屈服了。我说:为那正在修建中的铁路去工作,我还从来没有想到过,那我不妨去试一试。

她带着眼泪快活地微笑着,握住我的手,可是她仍旧在流泪,因为她自己也止不住自己的眼泪了。我就到厨房里去取煤油。

二

在具有慈善性质的业余演出、音乐会、戏剧亮相①的爱好者当中,本城的头一名应当属于阿若京一家人。她们住在大贵族街上自己的一所房子里,每一回都拨出房屋来供演出用,一切杂事和开销她们也揽在自己身上。这个富足的地主家庭在本县有将近三千俄亩土地和一所豪华的庄园,可是她们不喜欢乡间,无论冬夏都住在城里。这家人只有一个母亲和三个女儿,母亲长得又高又瘦,身体很弱,留着短短的头发,穿着短短的上衣和一条英国式的平板的裙子,至于那三个女儿,人们在谈到她们的时候,不提她们的名字,只是简单地叫她们大姑娘,二姑娘,小姑娘。这三个女儿都长着难看的尖下巴,眼睛近视,背有点驼,装束跟母亲一样,说

---

① 指无声无动作的戏剧场面。

起话来发音不清,很不好听,尽管这样却仍旧一定参加每次演出,经常做点具有慈善性质的事情,例如演剧,朗诵,唱歌等。她们都很严肃,从不笑一笑,甚至在带歌唱的轻松喜剧里也演得没有一点点快活的样子,做出一本正经的脸相,倒好像在做会计工作似的。

我喜欢我们的演出,尤其喜欢那些一再举行的、有点杂乱的、热闹的排演,每次排演过后她们总留我们吃晚饭。在选择剧本和分配角色方面我完全不管。我管的是后台的事。我画布景,抄台词,提台词,化装。我还负责制造各种效果,例如雷鸣、夜莺的啼叫等。由于我没有社会地位,又没有像样的衣服,每逢排演,我就躲在一边,站在侧面布景的阴影里,怯生生地一声不响。

我在阿若京家的堆房里或者院子里画布景。帮我忙的是一个油漆工人,或者按他自己给自己起的名称,那就是油漆工作的承包人。他叫安德烈·伊万诺夫,是个五十岁上下的人,身量很高,长得很瘦,脸色苍白,胸脯凹进去，两鬓也凹进去，眼眶下有黑眼圈，他的样子甚至有点可怕。他害着一种折磨人的病，每年秋天和春天大家都说他就要离开人世了，可是他躺一阵又起床了，事后总是惊奇地说："我又没死！"

城里人叫他烈吉卡（萝卜），说这才是他的真正的姓。他也跟我一样爱好戏剧，只要听说我们在筹备演出，他就丢下自己的一切工作，到阿若京家里来画布景。

在我跟姐姐谈话的第二天，我从早晨到晚上一直在阿若京家里工作。排演规定在傍晚七点钟举行，在开始排演的前一个钟头，所有的业余戏剧爱好者已经在大厅里会齐，大姑娘、二姑娘、小姑娘已经在舞台上走来走去，手里拿着本子念台词。萝卜穿着褪色的长大衣，脖子上围一条围巾，已经站在那儿，鬓角靠在墙上，瞧着舞台，现出一种虔诚的神情。阿若京家的母亲时而走到这个客人面前，时而走到那个客人面前，对每个人都说几句好听的话。她有一种习惯，喜欢盯着人的脸,小声说话,仿佛在说什么机密的事似的。

"画布景一定很不容易吧,"她走到我面前来,小声说,"我刚才跟穆甫凯太太谈迷信的时候,看见您走进来。我的上帝啊,我这一辈子,一辈子都在跟迷信做斗争!为了要女仆相信她们的那些恐惧多么没道理,我就永远点三支蜡烛,到每月十三日那天才开始办我的一切重大事情。"

工程师多尔日科夫的女儿来了,她是个美丽丰满的金发姑娘。她的装束,照我们这里的人的说法,从头到脚都是巴黎式的。她不演剧,可是在排演的时候人们总在舞台上为她放一把椅子,到演出的时候也一定要等她穿着漂亮衣服,周身放光,在头一排坐下,引得人人惊叹的时候才开演。她是从京城来的人,因此可以在排演的时候提意见。她一面提意见,一面总要露出可爱的、宽容的微笑,看得出她把我们的表演看做孩子的游戏。据说她在彼得堡的音乐学院里学过唱歌,甚至好像整个冬天都在一个私营的歌剧团里演唱。我很喜欢她,照例在排演和演出的时候我的眼睛总是离不开她。

我已经拿起本子来要开始提台词,不料我的姐姐来了。她没有脱掉大衣和帽子,一直走到我面前来,说:

"我求求你,我们一块儿走吧。"

我就去了。在舞台背后的门口站着安纽达·布拉戈沃。她也戴着帽子,披着黑面纱。她是法庭副审判长的女儿,这位副审判长早就在我们城里工作,差不多从创办地方法院的时候起就来了。他的女儿长得很高,身材好看,因此大家认为她非参加戏剧亮相不可,每逢她扮演一个菲雅①或者天神,她的脸就羞得通红,可是她不参加演剧,即使到排演场上来也只待一会儿,也总是为了接洽什么事,而且不肯走进大厅里来。就是现在也看得出来,她待一会儿就要走的。

---

① 西欧神话中的仙女。

"我父亲谈到了您,"她淡淡地说,眼睛没有看我,脸却红了,"多尔日科夫答应在铁路上给您一个职位。请您明天去找他,他在家。"

我鞠躬,并且为她的奔走道谢。

"您可以把这个还给他们了。"她指着我的本子说。

她和我姐姐走到阿若京娜面前,跟她小声谈了大约两分钟,眼睛看着我。她们在商量什么。

"真的,"阿若京娜走到我面前,盯着我的脸,小声说,"真的,如果这种事引得您放弃了正业,"她从我手里把本子拿过去,"那您可以把它交给别人。别担心,我的朋友,您去吧。"

我向她告辞,很难为情地走了。我走下楼去,看见姐姐和安纽达·布拉戈沃正走出去。她们热烈地谈着什么,大概在谈我到铁路上去工作的事吧,她们匆匆忙忙地走着。以前姐姐从没到排演场上来过,现在她的良心大概在折磨她,而且她深怕父亲知道,她没得到他的许可就到阿若京家里来。

第二天十二点多钟,我到多尔日科夫家里去。听差领我走进一个很漂亮的房间,那是工程师的客厅,又是他的工作室。这儿一切东西都柔软,优雅,对我这样没有见惯的人来说甚至显得古怪。这儿有贵重的地毯、大的圈椅、青铜器、绘画、镀金的和丝绒的镜框,相片分散地挂在墙上,那上面都是些很美的女人,脸容聪明妩媚,神态潇洒。客厅的门直接通到花园里,从阳台上,人可以看见紫丁香,还可以看见一个准备开早饭的桌子、许多瓶酒、一束玫瑰花。空中有春天的气息、贵重的雪茄烟的气息,总之是一派幸福的气息,一切都似乎极力想说:这儿生活着一个人,他辛苦地工作过,终于得到了人间所能有的幸福。写字台后边坐着工程师的女儿,她在看报。

"您来找我父亲吗?"她问,"他正在洗淋浴,马上就来。请您暂时坐一坐。"

我坐下。

"您好像就住在我们对门吧?"沉默了一会儿,她又问。

"是的。"

"我因为闲得无聊,每天总是从窗子里往外看。请您原谅,"她看着报说下去,"我常看见您和您的姐姐。她的神情老是那么善良,庄重。"

多尔日科夫走进来了。他用一块毛巾擦脖子。

"爸爸,波洛兹涅夫先生来了。"女儿说。

"是啊,是啊,布拉戈沃对我说过了,"他很快地转过身来对我说,没有伸出手来跟我握手,"不过,您听我说,我能给您什么工作呢?我这儿有些什么样的职位呢?你们也真是些怪人,先生!"他大声接着说,照他的口气听来好像在申斥我似的,"每天总有二十个像您这样的人来找我,都以为我这儿有个机关!先生,我这儿只有铁路线,我这儿只有繁重的活动,我需要机械工、钳工、挖土工、木工、掘井工,可是话说回来,你们却只会坐着写字,别的都不行!你们都是些作家!"

从他身上,就跟从他的地毯和圈椅上一样,冒出一股幸福的气息,向我迎面吹来。他又胖又健壮,脸颊很红,胸脯宽阔,洗得干干净净,穿着花布衬衫和肥腿的裤子,像是一个小孩玩的瓷制马车夫。他留着一圈鬈曲的胡子,没有一根白头发。他长着鹰钩鼻,眼睛乌黑、明亮、坦率。

"您会做什么事?"他接着说,"您什么也不会做!不错,我是工程师,我是生活富裕的人,可是在人家要我修铁路以前我干过很长时间的苦差事,我做过机车司机,在比利时当过两年普通的加油工人。您自己来说说看,最可爱的人,我能给您找个什么工作呢?"

"当然,事情是这样的……"我受不了他那对明亮坦率的眼睛,十分慌张,支支吾吾地说。

"至少您总会管个电报机什么的吧?"他想了一想,问道。

"是的,我在电报局里做过事。"

"嗯……好,那我们来试试看。请您姑且到杜别奇尼亚去。那儿我已经用着一个人了,然而他是个十足的废物。"

"那么我的职务是在哪方面呢?"我问。

"到那儿再看吧。您暂且上那边去,我给他们下个命令。只是请您别酗酒,也别提出什么请求来打扰我。要不然我就把您赶走。"

他甚至没有对我点一下头就扭转身走开了。我对他和他那看报的女儿鞠了躬,走出来。我的心头十分沉重,临到姐姐问我工程师怎样接见我的时候,我连一句话也说不出来。

为了到杜别奇尼亚去,我一清早在太阳刚出来的时候就起床了。我们的大贵族街上连一个人影也没有,大家都还在睡觉,我的脚步声孤零零地、闷闷地响着。沾着露水的白杨给空气填满柔和的清香。我心里难过,不想出城去。我喜爱我这个故乡,这个城。我觉着它那么美丽,那么温暖。我喜爱这种苍翠、这晴朗而安静的早晨、我们的大钟的当当声,可是那些跟我同住在这个城里的人依我看来却乏味,生疏,有时甚至可恶。我不喜欢他们,也不了解他们。

我不明白所有这六万五千人为什么活着,靠什么活着。我知道基木雷城的人靠了做靴子过活,土拉城的人做茶炊和枪支,奥德萨是一个港埠,可是我们这个城究竟是什么,它做出些什么东西,我就不知道了。大贵族街和另外两条比较干净的街道上住着的人要么靠现成的资金生活,要么靠做官从国库领来的薪金生活,此外还有八条街道,彼此平行,大约有三俄里长,街的尽头伸到高岗背后,住在这八条街上的人又靠什么生活呢,这对我来说永远是个捉摸不透的谜。至于这些人在怎样生活,那真叫人羞得说不出口!没有公园,没有剧院,没有像样的乐队。市立图书馆和俱乐部图书馆只有犹太籍的少年才光临,因此杂志和新书放在那儿,一连好几个月没有人去裁开书页。有钱的和有知识的人睡在又窄又闷的寝室里,躺在满是臭虫的木床上。孩子们住在脏得使人恶心的房间里,还美其名曰

"儿童室"。至于仆人,哪怕是年纪大的和令人敬重的,也睡在厨房的地板上,盖着破被子。在平常日子,屋子里有红甜菜汤的气味,到了持斋的日子就有用葵花子油煎的鲟鱼的气味。他们吃没有滋味的菜,喝不卫生的水。在国会里,在省长家里,在主教家里,在各处屋子里,许多年来人们一直在纷纷谈论,说我们城里没有价钱便宜、清洁卫生的水,说必须向国库借二十万卢布来安装自来水。很有钱的富翁在我们城里总也不下于三十个,有时候,打一场牌就输掉整整一个庄园,可是也喝不好的水,一辈子热心地谈借款,这种事我也不懂,我觉着他们干脆从自己口袋里拿出那二十万卢布来倒简单多了。

在全城当中我没见过一个正直的人。我父亲收受贿赂,认为人家是出于尊敬他的思想品质才给他贿赂的。中学生们为了升班而到教师家里去搭伙食,教师乘机收下他们大笔的钱。军事长官的太太在招募新兵时期接受新兵的贿赂,甚至容许新兵邀她去吃喝,有一回在教堂里跪下去以后无论如何也站不起来,因为她喝醉了。在招募新兵时期就连医师也接受贿赂。本城的医师和兽医向肉铺和酒馆要钱。县立学校出售那种特准豁免兵役的证书。监督司祭向下面的教堂教士和长老索取贿赂。在市政机关里,在市民机关里,在医务机关里,在别的一切机关里,每个有所请求的平民办完事,刚要走,就会有人对他的背影大喝一声:"应当表示感激才对!"那个平民就走回来,给他们三十个到四十个戈比。凡是不接受贿赂的人,例如司法机关的官员,总是傲慢无礼,跟人握手的时候只伸出两个手指头,为人十分冷酷,见解极其狭隘,很爱打牌,喝很多的酒,娶有钱的女人,对他们四周的人无疑地起着有害的、腐化的影响。只有从姑娘们那儿才吹出一股道德纯洁的气息,她们大都有高尚的抱负,正直纯洁的灵魂,可是她们不懂生活,相信给人贿赂是出于对那人的思想品质的尊崇,而且出嫁以后很快就衰老,堕落,不可救药地陷在庸俗的小市民生活的泥潭里了。

三

我们这个地区正在修建铁路。每逢假日的前夕,就有一群群衣衫褴褛的人在城里走来走去,城里人叫他们"修铁路的",怕他们。我常常看见衣衫褴褛的人脸上带着血迹,头上没戴帽子,被人拉到警察局去,后面跟着人,手里拿着一个茶炊或者一件不久以前洗过、现在还湿着的内衣,作为物证。"修铁路的"通常聚集在小酒店附近和集市上,他们喝酒,吃东西,骂下流话,碰见举动轻佻的女人过路就吹出刺耳的呼哨声。我们的小铺老板为了给这些饿着肚子、衣衫褴褛的人开一开心,就用白酒把一条狗和一只猫灌醉,或者在狗尾巴上拴一个空煤油桶,吹一声口哨,那只狗就沿着街道飞跑,铁桶轰隆轰隆地响起来,吓得那只狗尖声乱叫,以为身后追来一个什么怪物,一口气远远地跑出城外,到了田野上,在那儿累得精疲力尽。我们城里有几只狗经常发抖,尾巴夹在后腿当中,据说这些狗受不了这样的娱乐,发疯了。

火车站建筑在离城五俄里远的地方,据说工程师为了把铁路修得挨近城边而索取五万卢布的贿赂,市政机关只同意给四万,双方为那一万闹翻了。现在城里人后悔了,因为他们得修一条公路通到火车站去,据估算修这条公路破费的钱还要多。整个铁路线上已经铺好枕木和钢轨,公务列车来来往往,运输建筑材料和工人。由于多尔日科夫正在造桥,全线工程便受到了耽搁,另外有些地方的车站也还没有修好。

杜别奇尼亚是我们的第一个车站的名字,离城有十七俄里远。我是走着去的。秋播和春播的麦子沉浸在清晨的阳光里,一片碧绿。这一带土地平坦,草木欣欣向荣,远处明晃地现出火车站、古墓、更远的庄园的轮廓……到野外来是多么好啊!我多么希望充满自由的感觉,哪怕只有一个早晨也好,免得去想城里发生的事,免得去想自己的贫穷,免得去想自己的饥饿!再也没有一种东西比强烈的饥饿感觉更妨碍我生活的了。这种感觉一出现,我的优美思想就跟荞麦粥、牛排、煎鱼的念头古怪地掺混起来。例如现在,我一个人站在野外,抬头看着一只百灵鸟,它在天空中好像停在一个地方不动似的,不住声地唱,仿佛发了歇斯底里一样,我自己却在想:"这时候要是能够吃一块抹上黄油的面包,那该多好啊!"或者我在路边坐下,闭着眼睛养一养神,听着五月里这种美妙的闹声,这时候我却不由自主地想起了滚烫的土豆的气味。尽管我身材高大,体格强壮,平素我却只吃得到很少的东西,因此整个白天我的主要感觉就是饥饿,也许因为这个缘故我才深切地了解为什么那么多的人只为吃饭而干活,一谈话就离不开吃食这个题目吧。

在杜别奇尼亚,工人们正在车站内部抹墙,修建水塔上部的木楼。天气炎热,空中有石灰浆的气味,工人们有气无力地在一堆堆木片和碎砖上走来走去。老扳道员睡在自己的小屋旁边,阳光直射到他脸上。一棵树木也没有。电报线发出轻微的嗡嗡声,电报线上这儿那儿停着几只鹰。我也在那一堆堆土屑和碎砖上走来走去,不知道该做什么好,于是想起我问工程师我的职务是什么的时候他回答我的那句话:"到那儿再看吧。"可是在这个荒凉地方有什么可看的呢?那些抹灰工人在谈一个工头,谈一个名叫费多特·瓦西里耶夫的人,我听不懂,渐渐地我觉着烦闷无聊了。这是一种生理的感觉:人感觉到自己的手,自己的脚,自己的高大身体,可又不知道拿它们怎么办好,也不知道该把它们摆在哪儿好。

我至少蹓跶了两个钟头,才发现车站外面,铁路线右边,有一排电报线杆子,排到一俄里半或两俄里以外,它的尽头是一道白色石墙。工人说办公处就在那边,我终于想到那才是我该去的地方。

那是个很旧的、早已荒废的庄园。墙上的白石头有了麻点,墙已经风化,有些地方已经坍下来了。院里有所厢房,它那灰泥脱落的光墙面对田野,房顶生了锈,有些地方补了一块块白铁,闪闪发亮。从大门口往里看,可以看见一个长满杂草的大院子和一所古老的正房,窗口下了百叶窗,房顶很高,锈得发红。正房的左右两边各有一所孤零零的厢房,一所厢房的窗子上钉了板条,另一个小屋的窗子开着,小屋旁边有一根绳子,上面晾着内衣,附近有几条小牛走来走去。最后一根电报线杆子立在院子里,那上面的电线通到那个厢房的窗口,厢房的一面光墙面朝田野。屋门是开着的,我走进去。一个放电报机的桌子旁边坐着一位先生,一头乌黑的鬈发,穿一件帆布上衣。他皱起眉头严厉地瞧着我,可是马上笑了,说:

"你好,小利钱!"

这人是伊万·切普拉科夫,我的中学同学,他在二年级的时候因为吸烟而被开除了。有一年秋天我们一块儿去捉过金翅雀、黄雀、蜡嘴雀,一清早趁我们父母还睡觉,就拿到集市上去卖。我们藏在暗处等着小群的南飞的椋鸟飞过,用小霰弹向它们射过去,然后把受伤的鸟拾起来,有的鸟极痛苦地死去,我至今还记得它们夜里怎样在我的笼子里呻吟,有些鸟复原了,我们就拿去卖掉,而且厚着脸皮对买主赌咒说这些都是雄鸟。有一回在集市上,我手里只剩下一只椋鸟没有脱手,向顾客们兜售了很久,终于卖出去,可是只卖了一个戈比。"好歹也算是得了一点小利钱!"我安慰自己说,把那个戈比藏起来,从此以后街上的男孩们和同学们就给我起了一个外号叫小利钱,就是现在偶尔也还有些小男孩和小店员开玩笑,叫我这个名字,其实除了我以外谁都不记得这个外号是怎么来的了。

切普拉科夫身体不结实,胸脯很窄,伛着背,腿挺长。他的领结是用细绳扎的,根本没穿背心,靴子比我的还糟,靴后跟都歪了。他很少眨眼睛,脸上有一种性急的神情,好像打算一把抓住什么东西似的。他老是忙忙乱乱的。

"你等一等,"他往往慌张地说,"你听我说!……咦,我刚才说什么来着?"

我们谈起天来。我这才知道我现在来到的这个庄园不久以前还是切普拉科夫的产业,去年秋天才转让给工程师多尔日科夫。工程师认为把钱用来买地产比买证券有利,他已经在我们这一带地方买下三所上流社会的抵押过的庄园。在卖房的时候,切普拉科夫的母亲说妥她有权利在一所厢房里再住两年,而且要求给她儿子在办公处找个工作。

"他还有不买的!"切普拉科夫说到工程师,"光是从包工头那儿他就拿到多少钱!他跟人人要钱!"

然后他带我去吃饭,忙忙乱乱地决定我跟他两人合住在厢房里,我在他母亲那儿搭伙食。

"她是个吝啬的人,"他说,"不过她也不会问你要很多钱。"

他母亲住着的那些小房间里很挤,所有的房间连前堂和门道在内都堆满家具,这是在卖掉庄园以后从大房子里搬到这儿来的。这些家具都是用红木做的老古董。女主人切普拉科娃是一位长得很胖、上了年纪的太太,长着中国人那种斜眼睛,坐在靠窗子的一把大圈椅上织袜子。她对我很客气。

"妈妈,这人是波洛兹涅夫!"切普拉科夫介绍我说,"他将来在这儿工作。"

"您是贵族吗?"她用一种古怪的、不好听的声调问,我觉着她喉咙里好像有一块肥油在翻腾似的。

"是的!"我回答说。

"请坐。"

这顿饭不好吃,菜只有一种用苦奶渣做馅的馅饼和奶汤。女主人叶连娜·尼基佛罗芙娜不知怎的老是古怪地眨眼,一会儿眨这只眼,一会儿眨那只眼。她说话,吃东西,可是她的整个身体里已经透出一种死亡的味道,甚至似乎隐隐透出死尸的气息。生命在她身体里微弱地发光,同时她心里微弱地闪着一种感觉:她是地主太太,以前家里有过许多农奴,她又是将军夫人,女仆对她非尊称"夫人"不可。每逢这些可怜的生活残余在她心头亮一下,她就对儿子说:

苦恼集

"让①,你不该这样拿刀子!"

要不然她就呼哧呼哧地喘气,现出女主人打算应酬客人的那种装模作样的神情,对我说:

"您知道,我们把我们的庄园卖了。当然这是叫人惋惜的,我们在这儿住惯了,可是多尔日科夫答应要让做杜别奇尼亚的站长了。所以我们就不必离开这儿,将来住到车站附近去,那跟住在这个庄园里一模一样了。工程师是个大好人!您不觉得他长得挺漂亮吗?"

不久以前切普拉科夫一家还很阔绰,可是将军死后,一切都变了。叶连娜·尼基佛罗芙娜开始跟邻居吵架,打起官司来。管家和工人应得的钱她总不肯付足。她老是担心遭到别人的敲诈,于是不出十年光景,杜别奇尼亚变得叫人认不得了。

大房子后面是一个古老的花园,如今却变成野地,

---

① 这是法国名字,相当于俄罗斯的伊万。在谈话中夹杂法国字是为了表示上流社会的身份。

长满杂草和灌木,一片荒凉。我穿过至今还坚固好看的露台,隔着玻璃门可以看见里面的房间,那儿铺着镶木地板,大概这是客厅,房里有一架旧式钢琴,墙上挂着大的红木框的版画,此外就什么也没有了。以前花坛里的花卉至今还留存着的只有芍药和罂粟花,它们从青草里伸出白色的和鲜红色的花苞。花园幽径上长着些小槭树和小榆树,虽然被奶牛啃过,却不住地往上长,互相纠缠在一起。这个花园茂茂密密,好像路也走不通似的,然而只是在房子附近才这样,在这一带,旧日的林荫道两旁,还留存着白杨、松树、老菩提树,至于这后面远一点的地方,园子里的树木却已经清除掉,开辟了一个刈草场,这儿已经不闷热,也没有蜘蛛网粘到人的嘴上和眼睛上来,倒有吹拂着的清风了。越走得远也就越空旷,空地上已经长起樱桃树、李树、枝叶茂密的苹果树,这些树用棍子撑住,生着癌肿病,很难看,梨树长得高极了,简直叫人不相信这是梨树。花园的这一部分已经让我们城里的商人租去了。有一个痴呆的乡下人住一个窝棚里,看守这块地方,防备盗贼和椋鸟。

花园的树木越来越稀疏,渐渐变成一片真正的草场,顺一个高坡溜下去,到了一条长满绿色芦苇和柳丛的河边。在磨坊的堤坝附近是水深段,水深而鱼多,那个铺着草顶的小磨坊愤愤地送出一片嘈杂声音,蛤蟆使劲地聒噪。水面平滑,好比一面镜子,偶尔出现一圈圈细纹,不住颤抖,原来是河里的莲花被快乐的鱼惊扰了。河对岸是小小的杜别奇尼亚村庄。安静的、蓝色的水引诱着人们,应允着凉爽和休息。现在这一切,水面啦,磨坊啦,舒适的河岸啦,却都属于工程师了!

随后我的新工作开始了。我收电报,发电报,写各种报表,把文笔不通的工头和工长送到我们办公室里来的领物单、请求书、报告等一律誊写干净。不过一天当中大部分时间我仍旧没有事情做,在房间里走来走去等电报,或者叫一个小孩守在厢房里,我自己到花园去散步,直到孩子跑来告诉我说电报机响了才回去。我在切普拉科娃太太那儿吃饭。肉很少见,菜都是牛奶做的,每到星期三和星期五持斋,遇到这种日子就用一种粉红色的碟子盛菜,名叫斋食的碟子。切普拉科娃经常眨眼,这在她已经成了习惯,有她在座我总是觉着不自在。

这个厢房里的工作少到不够一个人做的,因此切普拉科夫什么也不做,光是睡觉或者带着枪到水边去打鸭子。每到傍晚他总到村子里或者车站上去灌一通酒,临睡觉老是照一照镜子,嚷一声:

"你好,伊万·切普拉科夫!"

他喝醉了酒,脸色就变得很白,老是搓着手笑,那声音像是马嘶:唏唏唏! 他往往一时性起,脱掉衣服,光着身体在田野上跑起来。他吃苍蝇,而且说味道有点酸。

四

有一天吃过饭后,他跑进厢房里来,喘着气说:

"走,你姐姐来了。"

我就去了。果然那所大房子的门廊前面停着一辆城里的敞篷马车。我姐姐来了,安纽达·布拉戈沃也跟她一块儿来了,另外还有一位穿着军装的先生。等到走近了,我才认出这个军人就是安纽达的哥哥,他是医师。

"我们是到您这儿来野餐的,"他说,"还好吗?"

姐姐和安纽达想问我在这儿生活得怎样,可是两个人都没有说话,光是瞧着我。我也没有说话。她们明白我不喜欢这个地方,姐姐眼睛里出现了泪水,安纽达·布拉戈沃开始脸红了。大家往花园里走去。医师走在大家前头,快活地说:

"多好的空气!圣母啊,多好的空气!"

从外表看来,他还完全是个大学生。他说话和走路都像个大学生,他那对灰色眼睛的眼光那么活泼,朴实,坦率,像一个很好的大学生。他跟他那又高又美的妹妹站在一起却显得虚弱,显得单薄,他的胡子稀疏,他的嗓音也是那种不洪亮的男高音,不过十分好听。他在某地一个军团里服务,现在休假,回来探望亲人。他说今年秋天要到彼得堡去参加医学博士考试。他已经成了家,有一个妻子和三个儿女,他结婚很早,那是在他念到大学二年级的时候。现在城里人说他的家庭生活不幸福,他已经不跟妻子住在一块儿了。

"现在几点钟了?"姐姐不安地问道,"我们得早点回去才好,爸爸放我出来看弟弟,说定了要我六点钟回去!"

"唉,您的爸爸真是严!"医师叹道。

我端来了茶炊。在大房子的露台前面铺了一张地毯,我们就坐在那上面喝茶,医师跪在地毯上,用碟子喝茶,说他体验到了幸福。后来切普拉科夫回去取钥匙,开了玻璃门,我们大家就走进了那所房子。房子里阴暗,神秘,有蘑菇的气味,我们的脚步发出很响的声音,仿佛地板底下是个地窖似的。医师站在那儿按钢琴的键,钢琴就用微弱的、颤抖的、嘶哑的,然而仍旧和谐的琴音回答他,他就试了试嗓子,唱起一支抒情歌来,等到有个琴键不出声了,他就皱起眉头,急得跺脚。我姐姐不再张罗回家,在房间里兴奋地走来走去,说:

"我快活啊!我快活得很,快活得很啊!"

从她的声调里可以听出惊奇的意味,倒好像她信不过自己也能心绪很好似的。这还是我生平第一次看见她这么快活。她甚至变得好看了。她的相貌本来不美,她的鼻子和嘴有点向前翘起来,显出一种神情,好像她在吹气似的。可是她那对黑眼睛好看,她那张脸白得娇嫩,脸上总有善良和悲哀的动人神情,因此,她讲话的时候就显得妩媚,甚至美丽。她和我,我们两个人,都长得像我们的母亲,肩膀宽,身体壮,刻苦耐劳,可是她脸上的苍白却像有病的样子。她常常咳嗽,我有时候在她眼睛里看出凡是身患重病,而又因为某种缘故瞒住不说的人所常有的那种神情。眼前,她的快活却有点孩子气,有点天真,倒好像我们小时候,被严厉的教育压制和扑灭的那种欢乐,现在突然在她灵魂里醒过来,要爆发出来似的。

可是等到黄昏到来,马车准备好,姐姐就消沉下来,在那辆敞篷马车上坐下,变得憔悴了,从她的神色看来仿佛这辆马车是被告席上的凳子似的。

他们都走了,热闹收场了……我想起安纽达·布拉戈沃始终没有跟我交谈一句话。

"这真是个怪姑娘!"我想,"这真是个怪姑娘!"

圣彼得节前的斋期到了,从此我们就天天吃素。我闲着没事做,职位又不固定,因此那种生理上的烦闷折磨着我,我不满意自己,无精打采,肚子又饿,一味在这庄园上蹓跶,只等生出一种适当的心情,那就可以动身离开此地了。

有一天将近黄昏,萝卜正坐在我们的厢房里,忽然

苦 恼 集

多尔日科夫走进来,他给太阳晒得挺黑,浑身扑满尘土,变成灰色了。他在自己的工段上待了三天,现在坐机车到杜别奇尼亚,从车站步行到我们这里来。他在等马车,而马车大概要从城里来,他就趁这工夫带着总管在这个庄园上巡查一遍,大声地发命令,然后在我们这个厢房里坐了整整一个钟头,写了一些信。就在这段时间,来了一些电报,是打给他的,他就亲自在电报机上回了电报。我们三个笔直地站在那儿,一声不响。

"简直乱七八糟!"他厌恶地瞧着表报说,"过两个星期我就要把这办公处移到车站上去了,我真不知道该拿你们怎么办才好,先生们。"

"我尽了力了,大人。"切普拉科夫说。

"当然,当然,我看得出来您在怎样尽力。您只会拿薪水,"工程师瞧着我,接着说,"您老是指望托人情,只求快一点,便当一点地 faire la carrière①。哼,我

---

① 法语:飞黄腾达。

才顾不得什么人情不人情。以前从来就没有人为我张罗过,先生。在人家叫我修铁路以前,我当过机车司机,在比利时做过普通的加油工人,先生。还有你,潘捷列,你在这儿干什么?"他回过身去问萝卜,"是跟他们一块儿灌酒吧?"

不知什么缘故,他把一切普通人都叫做潘捷列,他看不起像我和切普拉科夫这样的人,背地里骂我们是酒鬼,畜生,下流胚。总之,他对小职员很苛,常常罚他们钱,冷冰冰地把他们革职,而且连一句解释的话也不说。

最后马车来接他了。他临走说定,过两个星期把我们一股脑儿革职,骂总管是个笨蛋,随后在马车上大模大样地坐好,进城去了。

"安德烈·伊万内奇,"我对萝卜说,"收我做个工人吧。"

"哦,那有什么不行的!"

我们就一块儿往城里走去。等到车站和庄园远远

地落在我们后面,我就问:

"安德烈·伊万内奇,为什么您刚才到杜别奇尼亚来?"

"第一,我的那些小伙子在铁路线上做工;第二,我来付将军夫人的利息。去年我在她那儿借了五十个卢布,现在我每月付给她一个卢布的利息。"

这个油漆工人站住,抓住我的纽扣。

"米萨伊尔·阿列克谢伊奇,我的天使。"他接着说,"我是这样看事情的:要是一个普通人或者一位先生,哪怕拿很小很小的一点利钱,那他就是一个坏人。这种人心里不会有真理。"

清瘦苍白、样子可怕的萝卜闭上眼睛,摇着头,用哲学家的口气说:

"蚜虫吃青草,锈吃铁,虚伪吃灵魂。主啊,拯救我们这些罪人吧!"

五

萝卜办事不精明,不善于考虑。他应下的活儿总是太重,弄得自己担不下来,临到结账就发了愁,不知该怎么办好了,因此差不多永远赔钱。他涂油漆,装玻璃,糊墙纸,甚至应下修盖房顶的活儿。我还记得他往往应下一桩很小的活儿,却一连跑上三天去找铺房顶的工人。他是个高明的手艺人,有时候他一天能挣十个卢布之多,要不是因为他有一个心愿,不管怎样一定要当头儿,让人叫一声包工头,那他大概已经积下一大笔钱了。

他自己讲定价钱包下活儿来,可是他每天得付给我和另外的一些小伙子工钱,从七十个戈比起到一个卢布为止。遇到天气炎热而干燥,我们就做各种外部的工作,主要的是油漆房顶。由于不习惯,我的脚觉着烫,仿佛在烧红的铁板上走路似的,等我穿上毡靴,两只脚却又闷热。不过只是在起初的时候才这样,后来我也就习惯,一切都顺顺当当了。现在我生活在那些把劳动看做理所当做而不可避免的人们当中,他们像拉重车的马那样劳动,常常体会不到劳动的道德意义,甚至在谈话中从来不用"劳动"这两个字。跟他们在一起,我也觉得自己成了拉大车的马,越来越深切地体会到我所做的工作是理所当做的,不可避免的,这就使我的生活变得轻松,使我摆脱了种种怀疑。

起初一切都吸引我,样样事情都新奇,我好像重新生到这个世界上来了。我可以睡在地上,可以光着脚走路,而这是非常痛快的。我可以站在普通人当中,不会使谁觉着拘束,遇到街上有拉马车的马倒在地上,我就跑过去,帮着把它扶起来,不怕弄脏自己的衣服。主要的是我靠我自己生活,不成为别人的累赘!

油漆房顶,特别是用我们自己的干油和油漆来做这工作,素来被人认为是很赚钱的活儿,因此就连萝卜这样的好手艺人也不看轻这种枯燥乏味的粗活儿。他

穿着短裤,露出浅紫色的瘦腿,在房顶上走来走去,像是一只鹳。他用刷子涂漆的时候,我听见他沉重地叹口气,说:

"我们这些罪人真是倒霉啊,倒霉啊!"

他在房顶上走路跟在地板上一样地自由自在。尽管他有病,脸色白得跟死人一样,他却非常灵活。他跟年轻人那样不用搭脚手架就在拱顶上和教堂圆顶上涂油漆,只要有梯子和绳子就行。每逢他站在高处,离地面很远,挺直身子,不知对谁说起话来,他那样子总是有点可怕,他老是说:

"蚜虫吃青草,锈吃铁,虚伪吃灵魂!"

或者他正在想着什么,就说起话来回答自己的思想:

"什么事都会有!什么事都会有!"

每逢我下工回家,那些坐在门口凳子上的人,那些店员,顽皮孩子和他们的主人就纷纷对我的背影讲出种种讥诮和恶意的话来,起初这使我激动,甚至弄得我觉着奇怪。

"小利钱!"从四面八方传来喊叫声,"油漆工!赭石!"

对我最不客气的恰好是不久以前自己还是普通人、靠干重体力劳动糊口的那些人。我在商场里走过铁铺,他们仿佛一不小心似的把水泼了我一身,有一回甚至把一根棍子扔到我身上来。有一个鱼贩子,是个白发苍苍的老人,堵住我的去路,恶狠狠地瞧着我说:

"傻瓜,你没有什么可怜的!你父亲才可怜!"

我的熟人一遇见我,不知什么缘故都发窘。有的人把我看做怪人,小丑,有的人为我惋惜,有的人不知道怎样对待我才好。要了解他们是困难的。有一天我在我们的大贵族街附近的一个小巷子里遇见安纽达·布拉戈沃,我去上工,手里拿着两把长刷子,提着一桶油漆。安纽达认出了我,脸红了。

"请您在街上不要跟我打招呼……"她没有跟我握手,光是用发颤的声音又烦躁又严厉地说,她的眼睛里忽然闪出了泪光,"要是依您看来过这种生活是必要的,那也由您……由您,可是请您别再跟我来往了!"

我已经不住在大贵族街,而住在城郊玛卡利哈我的奶娘卡尔波芙娜家里了。她是个善良的,然而心境阴郁的老太婆,老是预感到要出什么坏事,不管做了什么梦都害怕,甚至看见蜜蜂或黄蜂飞进房间里来也觉得是不祥之兆。至于我做了工人,那在她看来也不会有什么好下场。

"你这个孩子算是完了!"她难过地说,摇摇头,"完了!"

她的养子普罗科菲跟她同住在一所小房子里。他是一个卖肉的小伙子,长得身材魁梧笨重,年纪在三十上下,头发发红,唇髭挺硬。他在门道里遇见我,总是一声不响,恭恭敬敬地给我让路,要是他喝醉酒,就把张开的五个手指头一齐举到帽檐那儿行一个礼。每天傍晚他吃晚饭,我隔着木板间壁听见他噘喉咙,叹气,

苦　恼　集

一杯连一杯地喝酒。

"妈!"他低声叫着。

"什么?"卡尔波芙娜非常疼爱她的养子,这时候回答一声,"什么事,好儿子?"

"妈,我要待您厚道。在这尘世的痛苦生活中,我要给您养老送终,等您死了,我自己出钱给您办丧事。我早就说过这话,这是真话。"

我每天在太阳东升以前就起床,睡得很早。我们油漆工人吃得很多,睡得香甜,只是不知什么缘故每天夜里心跳得厉害。我没有跟同伴吵过架。诟骂、情急的发誓、诅咒(例如"巴不得你瞎了眼才好"或者"巴不得你害一场霍乱才好")是成天价不停的,然而我们之间仍旧处得很和睦。那些工人疑心我是一个什么教派的信徒,就好意地拿我开玩笑,说是连我的亲爹都不认我做儿子了,同时他们又说他们自己很少到教堂里去,他们有很多人已经有十年没到教堂里去忏悔过。他们为这种疏懒辩白说,油漆工人在人当中所处的地位就跟乌鸦在鸟当中的地位一样。

伙伴们看重我,对我很尊敬。我不喝酒,不吸烟,过一种平静而规矩的生活,这显然中了他们的意。只有两件事情使他们不痛快,不赞成,那就是我不跟他们合伙偷干油,也不同他们一块儿去向顾主讨赏钱。偷主人的干油和油漆在油漆工人当中已经成为风气,不认为是偷了,引人注意的是就连萝卜这样公正的人每回下班也总要带走一点白粉和干油。至于讨赏钱,就连在玛卡利哈买下了房子的、可敬的老人也不觉着害臊,每逢我看见伙伴们在开始上工或者结束工程的时候成群结队地去向一个庸庸碌碌的顾主道喜,拿到一枚十戈比的银币,低声下气地道谢,我总是又烦恼又害臊。

他们如同一批狡猾的廷臣那样对待顾主,差不多每天我都要想起莎士比亚的普隆涅斯①。

---

① 莎士比亚所著悲剧《哈姆雷特》中的一个佞臣。

"大概天要下雨。"顾主瞧着天空说。

"要下的,一定要下的!"油漆工人们同意。

"不过,这不是雨云。也许不会下雨。"

"不会下雨,老爷!真的,不会下雨。"

他们在背后对顾主总是带着讽刺的态度,比方说他们看见老爷坐在阳台上看报,他们就说:

"他在看报,可是大概连吃的都没有呢。"

我没有到父亲家里去过。我下工回到自己家里,常发现房间里有字条,写得又简短又焦虑,那是姐姐写的,她时而在字条上告诉我说,父亲在吃饭时候不知怎的特别心事重重,什么东西也没吃,时而又说父亲差点绊了一跤,时而又说他坐在自己房间里,关上门,很久没出来。这一类消息使我激动,弄得我睡不着觉,有时候我甚至深夜到大贵族街去,走过我家门口,瞧着黑窗子,极力推测家里是不是平安无事。每到星期日,姐姐常来看我,然而是偷偷地来,装得不是来看我,而是来看奶娘的样子。等到她走进我的房间,她的脸色总是很苍白,眼睛带着泪痕,而且立刻哭起来。

"我们的父亲受不了这个局面!"她说,"万一他有个什么好歹(但愿别这样才好),那你的良心就要折磨你一辈子了。这真可怕,米萨伊尔!我用我们母亲的名义请求你:改悔吧!"

"姐姐,我亲爱的,"我说,"既然我相信我是在按良心行动,那我怎样改悔呢?你要了解我才好!"

"我知道你是按良心行动,可是说不定这种事可以换一个方式做,不致伤别人的心。"

"唉,圣徒啊!"老太婆在门外叹道,"你这个孩子算是完了!灾难会来的,我的亲人,灾难会来的!"

六

有一个星期日,出人意料,医师布拉戈沃来找我。他穿着军装,军装里面是一件绸衬衫,脚上穿一双高筒漆皮靴。

苦恼集

"我来找您了!"他开口说,而且照大学生那样使劲握一握我的手,"我天天听见人家谈起您,老是打算来找您,照俗话所说的那样,掏心窝子谈一谈。城里烦闷得可怕,简直没有一个活人,我找不到一个可以谈一谈话的人。圣母啊,天好热!"他接着说,脱掉上衣,只穿一件绸衬衫,"好朋友,请您允许我跟您谈一谈!"

我自己也觉着闷得慌,早就想在油漆工人以外找个人一块儿谈一谈了。我见了他从心里高兴。

"首先我要说,"他在我床上坐下说,"我满心同情您,深深地尊敬您这种生活。这儿的城里人都不了解您,而且也没有一个人能够了解您,因为您知道,这儿的人除了极少数的例外,都是果戈理笔下的那些猪。可是上回野餐的时候我却一眼就看透了您。您有高尚的灵魂,是一个正直而崇高的人!我尊敬您,认为跟您握手是莫大的荣幸!"他接着热诚地说,"要照您这样猛一下子急剧地改变自己的生活,那就得经历复杂的精神过程。如今为了继续过这种生活,经常站在自己的信念的高处,您的头脑和心灵必定一天到晚紧张地活动着。现在,作为我们的谈话的开端,请您告诉我,您是不是认为倘使您把这种毅力,这种紧张,这种精力用在一种别的事情上,例如用在逐步成为一个伟大的学者或者艺术家上,那么您的生活就会更加广阔,更加深刻,在各方面都有更多的效果?"

我们畅谈起来。当我们的话题碰到体力劳动的时候,我就表白了这样的想法:必须使强者不奴役弱者,必须使少数人不成为多数人的寄生虫或者不成为逐步吸尽多数人身上的脂膏的唧筒,这也就是必须使所有的人,强者和弱者,富人和穷人,没有一个例外,各人为自己,一律参加生存斗争。在这方面,除了体力劳动可以作为普遍的、人人理所当尽的责任以外,再也没有比它更好的消除差别的办法了。

"那么依您看来,体力劳动是人人必须承担的,不能有一个例外?"医师问。

"是的。"

"可是您不认为倘使大家,包括最优秀的人、思想家、大学者也在内,各人为自己,一概参加生存斗争,把时间用在敲碎石头和油漆房顶上,那就可能为进步造成严重的危机吗?"

"在哪方面会造成危机呢?"我问,"进步的关键在于见诸行动的爱,在于实践道德的准则。如果您不奴役什么人,也不成为什么人的累赘,那此外您还需要什么样的进步呢?"

"可是请您容我说!"布拉戈沃站起来,忽然冒火了,"请您容我说!倘使一个蜗牛躲在自己的壳里致力于个人的道德完善,摸索道德的准则,您把这个叫做进步吗?"

"可是何必去摸索呢?"我生气了,"如果您不驱使您的同胞供您吃,供您穿,给您赶车,为了保卫您而去跟敌人作战,那么在眼前这种完全建立在奴役上的生活里这岂不就是进步吗?依我看来,这才是真正的进步,而且恐怕是唯一可能的、为人类所需要的进步。"

"全人类全世界的进步是没有止境的,如今却来谈一种受到我们的需要或者暂时的观念所限制的'可能的'进步,对不起,这简直奇怪了。"

"如果照您所说的那样,进步是没有止境的,那就无异于说,进步的目标是不明确的,"我说,"活着而又不明确地知道为什么活着,那又何必活着呢?"

"就算是这样吧!可是这个'不知道'却不像您的'知道'那么枯燥乏味。我顺着一道名叫进步、文明、文化的楼梯往上爬,爬呀爬呀,并不明确地知道我在往哪儿爬,可是,真的,单单为了这道美妙的楼梯就值得活着。您呢,知道为了什么活着,为了让一些人不奴役另一些人,为了让画家和为他研碎颜料的人吃同样的饭。可是要知道,这是生活中小市民的、厨房的、灰色的一面。只为了这一点而活着,难道不叫人恶心吗?倘使有些昆虫奴役另一些昆虫,那就滚它的,随它们去互相吞吃好了!我们不该去想它们,不管您怎样把它们从奴役里救出来,反正它们要死,要烂掉的。应该想那个伟大的未知数,它在遥远的未来等着全人类呢。"

布拉戈沃跟我激烈地争论着,不过同时也看得出来另外有一种思想在使他激动。

"大概您姐姐不会来了,"他看了看表说,"昨天她到我们家里去,说她要到您这儿来。您一个劲儿地说奴役,奴役……"他接着说,"可是要知道,这是局部的问题,所有这类问题会由人类逐渐解决,自生自灭的。"

我们就开始谈这个渐进论。我说,关于做好事还是做坏事这个问题,每个人都是自己把它解决的,并不等到人类通过逐渐的发展解决了这个问题的时候再来解决。此外,讲到循序渐进,也吉凶不定。伴随着人道主义思想逐渐发展的过程,还有另一种思想也在逐渐地成长。农奴制度没有了,可是资本主义在成长。在解放思潮的全盛时期也跟在拔都的时代一样,多数人供少数人吃穿并且保卫他们,而多数人本身却挨饿,没有衣服穿,没有保障。这样的社会秩序能够跟任什么样的思潮和潮流融洽地相处,那是因为奴役的技术也逐渐细致起来。我们不再在我们的马厩里打我们的仆人,可是我们给奴役添上一种精致的形式,至少我们善于在每个个别例子里为奴役找出借口来。在我们这儿,思想只不过是思想罢了,要是如今,在十九世纪末尾还可以把我们的最不愉快的生理机能的需要转嫁到工人身上去,那我们一定转嫁,而且事后当然会为自己辩白说:如果最优秀的人、思想家、大学者把宝贵的光阴耗费在这方面,就可能为进步造成严重的危机了。

可是这时候姐姐来了。她一看见医师,就慌慌张张,惊恐不安,立刻说她现在该回家到父亲那儿去了。

"克丽奥佩特拉·阿列克谢耶芙娜,"布拉戈沃把两只手按在胸口上,恳切地说,"倘使您跟您弟弟和我一块儿消磨半个钟头,这于您父亲有什么妨碍呢?"

他为人爽直,善于把自己的欢乐感染别人。我姐姐想了一想,笑了,忽然高兴起来,就跟那回野餐时候一样的奇突。我们走到旷野上去,在草地上躺下,继续我们的谈话,眺望着那座城,城里所有朝西的窗子由于夕阳而放出万道金光。

这以后每一回姐姐到我这儿来,布拉戈沃就也来,从他俩打招呼的样子看来倒好像他们在我这儿相逢是出于偶然似的。姐姐听我和医师争论,同时她的表情快活得入了迷,而且温柔,好奇,我觉着她的眼前好像渐渐展开另外一个世界,这个世界她以前就连在梦里都没有见过,现在她极力要弄明白它。遇到医师不在座,她总是安静而忧郁,如果现在她有的时候坐在我床上哭,那却是出于一种她自己从来不提的原因了。

八月里萝卜吩咐我们准备着到铁路线上去。在我们"被赶"出城的大约两天以前,我父亲来看我。他坐下,眼睛没有看我,不慌不忙地用手绢擦干净他的红脸,然后从衣袋里拿出一份我们城里出版的《通报》,一板一眼地慢慢念了一段消息:我的同龄人,国立银行办公处主任的儿子,奉派担任省税务局的科长了。

"现在看一看你自己,"他叠起那份报来说,"叫花子,穿得破破烂烂,下流胚!就连小市民和农民也受教育,为的是成为一个人。你呢,出身于波洛兹涅夫家族,有显赫而高贵的祖先,却极力往泥里滚!可是我上这儿来不是为了跟你谈话;我对你已经死了心,"他站起来,压低喉咙接着说,"我来是想弄明白你姐姐上哪儿去了,混蛋。她吃过午饭后就走出家门,现在已经八点钟了,她还没回来。她近来常常出去,也不跟我说一声。她变得不如以前孝顺了,在这儿我看到了你的卑鄙恶劣的影响。她在哪儿?"

他手里拿着那把我熟悉的伞,这时候我慌了,挺直身体,像个小学生,等着父亲打我,可是他注意到我的眼光落在他那把伞上,大约就是因为这个缘故他才没有打我。

"你要怎样生活都由你!"他说,"我再也不认你这个儿子了!"

"我的老天爷!"奶娘在隔壁房间里嘟哝着,"可怜的、苦命的孩子!唉,我的心感到会有不吉利的事发生,我感到了!"

我在铁路线上工作。整个八月不断地下雨,天气潮湿而寒冷。田野上的庄稼没有运走,在用机器收割的大农场上小麦没有扎成捆,乱堆着,我还记得这些悲惨的麦堆怎样一天天变得越来越黑,麦粒在发芽。工作是困难的,我们刚做完什么活儿,一阵大雨就把它全冲毁了。人家不准我们在车站的房子里住着,睡觉,我们就挤住在夏天"修铁路的"住过的又脏又潮的土窑里,每天夜里我总是冷得睡不着觉,而且有些潮虫在我脸上和胳膊上爬来爬去。每逢我们在桥旁边做工,粗鲁的"修铁路的"晚上总到我们这儿来,专门为了打油漆工人,这在他们已经成了一种娱乐。他们打我们,偷去我们的刷子,为了惹恼我们跟他们打架而破坏我们干的活儿,例如把绿漆涂在小屋上。萝卜给我们这些灾难添上最后一笔,他常常不按时付给我们工钱。这个地段所有的油漆活儿先是由一个包工头承包下来,这个包工头再转包给另一个包工头,那个包工头给自己扣下两成利润以后又把它转包给萝卜。这种活儿本来就无利可图，不料天又下雨，时间白白耗费过去，我们不能做工，可是萝卜却得每天给工人开工钱。挨饿的油漆工人差点把他痛打一顿，骂他是骗子，吸血鬼，出卖基督的犹大，他呢，这个可怜虫，唉声叹气，绝望地向天空举起两只手，屡次到切普拉科娃太太那儿去借钱。

七

多雨的、泥泞的、阴暗的秋天到了。失业的日子来了，我常常一连三天没有事做，坐在家里，要不然就去做各种跟油漆无关的活儿，例如去拉沙土铺柏油路，每天挣二十个戈比。布拉戈沃医师到彼得堡去了。姐姐没有来找我。萝卜躺在家里害病，天天料着自己要死了。

我的心境也像秋天。这也许是因为我做了工人，才看清我们这个城的生活的内幕,差不多每一天我都有所发现,这种新发现总是惹得我灰心丧气。我那些同乡,早先我对他们倒没什么意见,或者单从外表看上去显得十分正派,现在却露出本相,原来是些下流的、残忍的人,什么坏事都干得出来。我们这些普通人受他们的欺骗,被他们克扣工钱。他们逼得我们一连几个钟头在寒冷的前堂里或者厨房里等着。他们侮辱我们,对待我们粗暴极了。秋天我在我们的俱乐部里给阅览室和两个房间糊壁纸。我糊好每一方壁纸,他们只付给我七个戈比,可是他们吩咐我在收据上写二十个戈比。我拒绝这样做,那位戴着金边眼镜、仪表堂堂的先生(多半是俱乐部的一个主任),就对我说:

"要是你这坏蛋再多费话,我就打你一嘴巴。"

仆役小声告诉他说我是建筑师波洛兹涅夫的儿子,他才有点发窘,脸红了,可是他立刻又恢复原样,说:

"滚他的!"

小铺卖给我们工人臭肉、坏了的面粉、泡过的茶叶。在教堂里警察总是推搡我们,在医院里医士和助理护士向我们敲诈,要是我们因为穷而没有给他们贿赂,他们为了报复就拿不堪下咽的食物给我们吃,在邮局里就连起码的小官儿也认为自己有权利把我们看做牲畜一样,对我们粗野无礼地嚷叫:"等着!你往哪儿钻?"就连那些看家狗都对我们不客气,特别凶恶地向我们扑过来。可是,自从我处在新的地位以后最使我吃惊的一种重大发现,就是社会上根本缺乏公平,这种情形老百姓叫做"他们忘了上帝",很少有哪一天不遇到欺诈的事。在欺诈的人当中有卖给我们干油的商人,有包工头,有同事的工人,甚至有主顾本人。不消说,这里根本谈不到我们的任何权利,就连我们做工挣来的钱我们每一回都得站在黑门廊旁边,脱下帽子,哀求很久才拿得到,倒好像讨饭似的。

我在俱乐部阅览室隔壁的一个房间里糊壁纸。傍晚我刚打算下工,工程师多尔日科夫的女儿走进这个房间里来了,臂弯里抱着一捆书。

我对她点一点头。

"啊,您好!"她立刻认出我来,就对我伸过手来说,"跟您见面我很高兴。"

她微笑着,又好奇又困惑地瞧着我的工作服、浆糊桶、摊在地板上的壁纸。我挺窘,她也觉着不自在了。

"请您原谅我这么瞧着您,"她说,"人家对我谈了许多关于您的话。特别是布拉戈沃医师,他简直迷上您了。您姐姐我也已经认识,她是个亲切可爱的姑娘,可是我无论如何也没法说得她信服:您做平民并没有什么可怕的地方。刚好相反,您现在成了城里最有趣味的人了。"

她又看一眼浆糊桶,看一眼壁纸,接着说:

"我本来请求布拉戈沃医师设法使我跟您比较亲密地交个朋友,不过他分明忘了,或者没有办到也未可知。不管怎样,我们总算相识了,如果您肯不拘礼节到我家里来玩,那我会十分感激您。我真想谈一谈!我是个普通人,"她说,向我伸过手来,"我希望您跟我在一块儿不会觉着拘束。我父亲不在家,他到彼得堡去了。"

她走进阅览室里去了,衣服沙沙响,我呢,走回家去,很久都睡不着觉。

在这个缺乏欢乐的秋天,有一个好心人,显然想多少使我的生活轻松一点,时而给我送来茶叶和柠檬,时而送来饼干,时而送来烤松鸡。卡尔波芙娜说这些东西每一回都是由一个兵送来的,可是究竟是谁派他来的,就不知道了。那个兵总要探问我身体是否健康,我每天是否吃到饭,我有没有御寒的衣服。等到严寒来了,那个人仍旧照这样趁我不在,派一个兵送来一条松软的毛线织的围巾,围巾上冒出一股柔和的、几乎闻不出的香水气味,我猜出我的好心的仙女是谁了。围巾上有铃兰的香气,这是安纽达·布拉戈沃所喜爱的香水气味。

将近冬天,活儿多起来,大家高兴多了。萝卜又活了,我们一块儿在墓园的教堂里做工,给那儿的圣像壁打好塑金的底子。这是一种又干净又清静的活儿,用我们的行话来说,是一种顺手的活儿。一天中间可以做出许多活儿,同时光阴过得很快,不知不觉就过去了。大家不骂街,不笑,不大声说话。这个地点本身就使我们不得不肃静庄重,而且它让人生出平静严肃的思想。我们站着或者坐着,专心做工,一动也不动,跟塑像一样。四周是一片墓园里所应有的、死气沉沉的寂静,因此要是有个工具掉在地上,或者长明灯的火苗发出爆声,这些声音听起来就又响又刺耳,我们都回过头去看一眼。经过长久的寂静以后,往往可以听见像蜜蜂飞过一般的嗡嗡声:这是教士在门廊里正在为去世的婴儿做安魂祈祷,声音很低,不慌不忙,要不然,一个画工正在拱顶上画鸽子和它周围的星星,轻声吹起口哨来,忽然醒悟过来,立刻就不出声了。再不然萝卜叹口气,回答自己的思想说:"什么事都会有!什么事都会有!"或者在我们的头上飘过一阵缓慢悲凉的钟声，油漆工人注意到大概有一个富足的死人抬过来了。……

白天我在这种寂静里，在教堂的幽暗里度过。在漫长的傍晚我总是去打台球，或者到剧院楼座去看话剧，穿一身新的花呢的衣服，那是我用做工挣来的钱买下的。阿若京家已经开始演剧，举办音乐会，现在却只有萝卜一个人在那儿画布景了。他给我讲他在阿若京家有机会看到的话剧和戏剧亮相的情节，我就带着嫉妒的心情听他讲。我很想去看排演，可是要到阿若京家去，我又下不了这个决心。

在圣诞节的一个星期以前，布拉戈沃医师来了。我们又争论，到傍晚总是打台球。他打台球的时候，脱掉上衣，解开衬衫胸前的扣子，不知什么缘故总是极力做出嗜酒如命的人的样子。他喝得不多，可是一喝酒就闹起来，而且在"伏尔加"那样便宜的下等酒馆里一个傍晚居然能够用掉二十个卢布。

姐姐又常上我这儿来了。他们俩一见面总是很惊

讶,可是凭姐姐的又快活又负疚的脸色看得出来这种相逢并不是出于偶然。有一天傍晚,我们在打台球,医师对我说:

"您听我说,为什么您不到多尔日科娃家里去呢?您不了解玛丽亚·维克托罗芙娜,她是个聪明姑娘,迷人,心地单纯而厚道。"

我对他讲起春天工程师怎样对待我。

"这是废话!"医师笑着说,"工程师是工程师,她是她。真的,好朋友,别惹她不高兴,好歹上她那儿去一趟吧。比方说,我们明天傍晚就去找她。您肯去吗?"

他说动了我的心。第二天傍晚我就穿上那身新的花呢衣服,心里很激动,到多尔日科娃家里去了。仆役不像那天早晨我以谋事人身份到这儿来的时候那样傲慢和可怕,家具也显得不那么豪华了。玛丽亚·维克托罗芙娜正在等我,像老朋友那样迎接我,友好地紧紧握住我的手。她穿一件灰色呢料的连衣裙,袖子肥大,她那种发式等到过了一年在我们城里流行起来的时候被大家叫做"狗耳朵"。她的头发从两鬓起一直盖到耳朵上,由于这个缘故玛丽亚·维克托罗芙娜的脸显得好像宽了一些,这一次我看上去,她很像她父亲,她父亲的脸就长得宽,绯红,神态有点像马车夫。她长得美丽优雅,可是不年轻了,看上去有三十岁光景,其实她至多不过二十五岁。

"亲爱的医师,我多么感激他呀!"她给我让座,说,"要不是他,您就不会到我这儿来。我闷得要死!父亲走了,撇下我一个人,我不知道在这个城里该怎么办好了。"

然后她问我目前在哪儿做工,挣多少钱,住在哪儿。

"您只花您做工挣来的钱吗?"她问。

"是的。"

"幸福的人啊!"她叹口气说,"依我看来,生活里的一切坏事都是由闲散,由烦闷无聊,由心灵的空虚来的。人习惯了靠别人过活的时候,这一切就不可避免了。您不要以为我是在装模作样,我真心对您说:做富人是没有趣味,也不愉快的。大家说,人都是靠不义之财去结交朋友,因为一般说来正当的财富是没有也不可能有的。"

她用严肃冰冷的眼光瞧一眼四周的家具,仿佛想把家具点一点数似的,接着说:

"舒适和安乐有一种魔力。它们能够逐步吸引那些甚至意志坚强的人。以前父亲和我过得并不富裕,简简单单,现在呢,您看见我们在怎样过活。说起来骇人听闻,"她说,耸了耸肩膀,"我们一年要花到两万!而且是在外省!"

"人们往往把舒适和安乐看做金钱和教育的不可避免的特权,"我说,"我觉得生活的安乐可以跟任什么东西,甚至跟最繁重肮脏的劳动结合起来。您父亲阔绰,可是照他说来他做过一阵机车司机,当过普通的加油工人。"

她微微一笑,怀疑地摇摇头。

"爸爸有时候吃克瓦斯泡的面包渣汤,"她说,"这简直是寻开心,胡来!"

这时候传来门铃声,她站起来。

"富人和受过教育的人应当跟大家一样都做工,"她接着说,"要是有安乐的话,那就应当人人有份。任何特权都不应当有。哎,算了吧,别谈哲学了。请您跟我讲点快活的事吧。请您谈谈油漆工人。他们是什么样的人?可笑吗?"

医师来了。我开始讲油漆工人,可是因为不习惯而觉得拘束,就跟民族学家那样讲得严肃而没有力量。医师也讲了几个工厂工人的生活逸事。他身子摇摇晃晃,哭起来,跪下去,甚至学醉汉的样子躺在地板上。这简直是演员的表演,玛丽亚·维克托罗芙娜瞧着他,笑得流出了眼泪。后来他在钢琴那儿坐下来,用他那柔和好听的男高音唱着,玛丽亚·维克托罗芙娜站在旁边,给他挑选歌曲,他唱错的时候就纠正他。

"我听说您也会唱歌?"我问。

"这还用问!"医师吃惊地说,"她是个了不起的歌唱家,演员,您还要问!您说到哪儿去了!"

"从前我认真干过这一行,"她回答我的问题说,"可是现在我把它丢开了。"

她在一个矮凳上坐下,对我们讲起她在彼得堡的生活,模仿一些著名歌唱家的模样,学她们的声调和唱歌的姿态。她在纪念簿上画医师的肖像,然后画我的肖像,画得不好,结果把我们两个人画得很相像。她笑,胡闹,做出可爱的鬼脸。她做起这些事来比谈不义之财自然得多,我觉着她刚才对我讲财富和安乐仿佛不是认真地在讲,而是模仿什么人的话似的。她是个出色的喜剧演员。我暗自把她跟我们的小姐们摆在一起,就连美丽端庄的安纽达·布拉戈沃都比不上她。这两个人的区别是很大的,好比人工培育出来的上等玫瑰和野玫瑰之间的区别一样。

我们三个人一块儿吃晚饭。医师和玛丽亚·维克托罗芙娜喝红葡萄酒、香槟、加白兰地的咖啡。他们碰杯,为友谊,为智慧,为进步,为自由干杯。他们没有喝醉,只是脸红了,常常无缘无故大笑起来,笑到流出眼泪。为了免得显出烦闷的样子,我也喝红葡萄酒。

"那些有才能的、天资特富的人,"多尔日科娃说,"知道该怎样生活,顺着自己的道路走去。至于普通人,比方拿我来说,就什么也不知道,什么也不会做,他们没有别的办法,只能瞧着深奥的社会潮流,随它把他们带到什么地方去。"

"难道人能瞧见根本不存在的东西吗?"医师问。

"不对。这是因为我们看不见。"

"是这样吗? 所谓社会潮流,那是新文学捏造出来的东西。我们没有这种东西。"

争论开始了。

"任何深奥的社会潮流,不但我们现在没有,过去也没有过,"医师大声说,"新文学捏造出来的东西多的是! 它还捏造过一种在乡村工作的知识分子,然而您就是找遍我们的村子,恐怕也只能找到一个穿着短上衣或者黑上衣的村学究,写起'也'字来倒会写错三笔。有文化的生活在我们这儿还没开始呢。那种野蛮、那种十足的粗鄙、那种微不足道,跟五百年前一模一样。潮流啦,思潮啦,有倒是有过,可是话说回来,那些东西都浅薄渺小,为种种庸俗的、一个钱也不值的利益服务。难道在这儿看得见什么严肃的东西吗?要是您以为您发现了深奥的社会潮流,您顺应它而把自己的一生献给那种把昆虫从奴役里解放出来或者从此不吃牛肉饼之类合乎当代风气的工作,那么我该给您道喜了,小姐。我们得学习,学习,再学习,至于深奥的社会潮流,我们得等一等:目前我们还没有长大成人,谈不到那种东西,凭良心说那种东西我们一点也不懂。"

"您不懂,我却懂,"玛丽亚·维克托罗芙娜说,"上帝才知道您今天是多么乏味!"

"我们的任务是学习再学习,竭力积累尽量多的知识,因为只有在有知识的地方才会有严肃的社会潮流,将来人类的幸福都包藏在知识里。为科学干杯啊!"

"有一点是毫无疑问的:必须给我们自己安排另外一种生活了,"玛丽亚·维克托罗芙娜沉默一阵,想了一阵以后说,"像这种一直过到现在的生活是一个钱也不值的。我们别再谈它了。"

等到我们从她家里出来,教堂里已经敲两点钟了。

"您喜欢她吗?"医师问,"她挺好,不是吗?"

圣诞节的头一天我们在玛丽亚·维克托罗芙娜家里吃饭,后来在这段节日里差不多天天到她家里去。她那儿除了我们以外没有外人,她说得对:她在这个城里除了我和医师以外连一个朋友也没有。我们把大部分时间都用在谈话上。有时候医师随身带来一本书或者杂志,大声念给我们听。事实上他是我生平所遇见的头一个有学问的人。我不能判断他的知识是不是广博,不过他经常讲出他的知识来,因为他希望别人也知道。每逢他讲到有关医学的事,他的话总是跟我们城里任何一个医师都不同,给人留下一种新颖独特的印象,我觉得只要他有意,他就会成为一个真正的学者。他也许是当时唯一对我有重大影响的人。我跟他见面,不断读他拿给我的书,结果我渐渐开始感到需要知识,知识给我的缺乏欢乐的劳动充满高尚的精神。我已经觉着奇怪,早先我竟不知道,比方说,全世界是由六十种简单的物体构成的,不知道干油是什么,油漆是什么,而且好像没有这些知识也行了。跟医师的结交甚至也把我从精神上提高了。我常跟他争论,虽然我总是保留我自己的看法,可是由于他,我还是渐渐发现我并没有把一切事情都弄明白,我就极力形成尽量明确的信念,好让良心的指示明明白白,没有一点含混的地方。不过这个全城最有学问最优秀的人仍旧离着完美很远。他的风度、他那种喜欢把任何谈话都变成争论的习惯、他那好听的男高音,甚至他那种亲热,都有点粗野,缺乏教养,每逢他脱掉上衣,只穿一件绸衬衫,或者在酒馆里丢给仆役一点赏钱的时候,我总是觉得文化到底是文化,他的心里却仍然有个鞑靼人①在活动。

到主显节他又到彼得堡去了。他是早晨动身的,午饭以后姐姐来找我。她没有脱掉皮袄和帽子,坐在那儿一声不响,脸色很白,眼睛瞧着一个地方发呆。她一阵阵发冷,看得出她强忍着病痛。

"你多半感冒了。"我说。

她的眼睛里满是泪水,她站起来,去找卡尔波芙娜,没有对我说一句话,倒好像我得罪了她似的。过了一会儿我听见她用沉痛的责备口气说:

"奶妈,我一直活到现在是为了什么呢?为了什么呢?你说说看:我岂不是糟蹋了我的青春吗?我在一生的最好岁月里却只知道记账、倒茶、数戈比、招待客人,以为世界上再也没有比这些更高尚的事了!奶妈,你要明白,我也有人的要求啊!我要生活,可是人

---

① 指缺乏文化的人。

家却把我变成一个带钥匙的女管家。这真可怕,真可怕呀!"

她把一串钥匙往门外一丢,钥匙当啷一响掉在我的房间里。这些是食器橱上的钥匙、厨房柜子上的钥匙、地窖的钥匙、茶叶匣的钥匙,也就是当年我母亲带过的那些钥匙。

"啊,哎,天呐!"老太婆害怕地说,"圣徒啊!"

姐姐回家去的时候,到我这儿来捡起钥匙,说:

"你原谅我吧。近来我起了点古怪的变化。"

八

有一回夜色很深了,我从玛丽亚·维克托罗芙娜家里回来,在我的房间里碰见一个年轻的警察分局长,穿着一身新制服。他坐在我的桌子旁边,正在翻看一本书。

"到底来了!"他说,站起来,伸了个懒腰,"这已经是我第三次来找您了。省长吩咐您明天早晨九点钟去见他。务必要去。"

他要我写一个笔据说我一定执行省长大人的命令,然后就拿着它走了。这位警察分局长的深夜光临和省长的突然召见对我说来好比晴天霹雳。我从很小的时候起就怕宪兵、警察、法官,目前我心里七上八下,好像我真犯了什么罪似的。我无论怎样也睡不着觉。奶娘和普罗科菲也心不定,睡不着。此外奶妈耳朵痛,她哼哼唧唧,有好几回痛得哭起来。普罗科菲听见我没睡着,就举着一盏小灯小心地走到我房间里来,在桌子旁边坐下。

"您得喝点胡椒酒才对……"他沉吟一下说,"在尘世的愁苦生活里喝上一点酒是没什么关系的。要是妈往耳朵里倒一点胡椒酒,那也会有大好处。"

到两点多钟他动身到屠宰场去取肉。我知道这一夜直到天亮也睡不着,为了消磨九点钟以前这段光阴,就跟他一块儿去了。我们提着灯走去。他的学徒尼科尔卡年纪在十三岁上下,冻得脸上生出青斑,那副神情十足像个强盗,他坐在雪橇上跟着我们走,用沙哑的喉咙吆喝马。

"您在省长那儿大概要受罚,"亲爱的普罗科菲对我说,"省长有省长的章法,方丈有方丈的章法,军官有军官的章法,医师有医师的章法,各行各业有各行各业的章法。您没有守住您的章法,人家就不能依您了。"

屠宰场坐落在墓园后面,以前我只是远远地看见过它。那是三个阴暗的板棚,四周围着一道灰色篱墙,夏天逢到炎热的日子风从板棚那边吹来,就带出闷人的臭气。现在我走进院子,四下里一片阴暗,看不见那些板棚,老是撞着马和那些空的或者已经装好肉的雪橇。人们提着灯走来走去,用下流的话互相骂着。普罗科菲也在骂,尼科尔卡也在骂,而且骂得同样难听,空中弥漫着不断的相骂、咳嗽、马嘶的嘈杂声。

到处是兽尸和畜粪的气味。这正是解冻的时令,雪已经跟泥土混成一片,在黑暗里我觉着好像在血泊里走来走去似的。

我们把肉装满雪橇,就动身到市上肉店里去。天亮起来了。拿着筐子的厨娘和穿着大衣的上了年纪的太太一个个来了。普罗科菲手里拿着斧子,身上系着溅了血迹的白围裙,嘴里恶狠狠地咒骂,面对着教堂在自己胸前画十字,大声叫嚷,响得整个市场都听得见,反复说他照原价给肉,甚至赔了本钱。他克扣分量,少找零钱,厨娘看出这些毛病,可是给他的喊声震聋了耳朵,没有跟他计较,骂他一声刽子手就算了。他举起他那把可怕的斧子,砍下来,架势十分好看,每一次都带着凶恶的神情发出"嘿!"的一声吆喝,我深怕他别真的砍掉什么人的脑袋或者胳膊。

我在肉店里待了一个早晨,等到我终于去见省长,我的皮大衣上也有了肉和血的气味。我的精神状态好像是我奉了什么人的命令,拿着矛去猎熊似的。我至今还记得那道高楼梯,楼梯上铺着有条纹的地毯,有一个年轻的官员穿着礼服,纽扣发亮,一句话也不说,用两只手向门口一指,就跑去通报了。我走进大厅,那里面布置得很豪华,然而冷冰冰,引不起一点美感,特别难看刺眼的是在窗子中间墙壁上挂着的那些高而且窄的镜子和窗上挂着的那些黄得耀眼的窗帘。看得出来,尽管省长换来换去,这儿的布置却老是这个样子。那个青年官员又用两只手向门口一指,我就向一张大绿桌子走去,那边站着一个将军,脖子上挂着弗拉基米尔勋章。

"波洛兹涅夫先生,我请您来,"他开口了,手里拿着一封信,把嘴张得又大又圆,像是字母"O","我请您来是为了向您说明一件事。您那受人尊敬的父亲在书面上和口头上向本省首席贵族提出一个要求,请他召见您,向您指出您的行为跟您所荣幸的具有的贵族称号互相抵触。亚历山大·巴甫洛维奇大人公正地认为您的行为可能诱惑别人犯罪,觉得光是由他出面对您加以劝告已经不够,必须采取严肃的行政干涉了,因此在这封信里把他对您的看法陈述一遍,这种看法我也是赞同的。"

他说话声音很低,恭恭敬敬,站得笔直,倒好像我是他的长官似的。他那瞧着我的眼光一点也不严厉。他的脸憔悴,皮肉松弛,布满皱纹,下眼泡肿着,他的头发染过色,总之单凭外貌很难确定他究竟是四十岁还是六十岁。

"我希望,"他接着说,"您会重视可敬的亚历山大·巴甫洛维奇的谦和,他不是正式的,而是用私人方式向我提出要求的。我也不是正式地邀请您来,我对您也不是用省长的身份,而是以您父亲的真诚崇拜者的资格讲话的。因此我请求您,或者改变您的行为,回到跟您的称号相称的职务上去,或者为了避免诱惑别人犯罪,就请搬到人家不认得您的地方去,在那种地方您要做什么就可以做什么。在与此相反的情形下,我就不得不采取极端的措施了。"

他沉默地站了半分钟,张着嘴瞧我。

"您是素食主义者吧?"他问。

"不,大人,我吃肉。"

他坐下,把一份公文拉到自己面前来,我就鞠躬,走出来了。

在吃午饭以前犯不上再去上工了。我就回家去睡觉,可是睡不着,因为屠宰场和省长的谈话在我心里引起不愉快的、不正常的感觉,到了傍晚我心神恍惚,闷闷不乐地去找玛丽亚·维克托罗芙娜。我告诉她我见省长的经过。她困惑地瞧着我,好像不相信,忽然间她哈哈大笑,声音那么快活,响亮,激昂,只有好心的、爱笑的人才会这样大笑。

"要是能到彼得堡去把这件事讲一讲才好!"她说,笑得几乎跌倒,赶紧倚住桌子,"要是能到彼得堡去把这件事讲一讲才好!"

九

现在我们常常见面,差不多一天见两次面了。她几乎每天吃过午饭后就坐车到墓园来,一面等我,一面念十字架和墓碑上的题词。有时候她走进教堂里来,站在我身旁,看我怎样做工。这里安安静静,画工和塑金工做着纯朴的工作,萝卜通情达理,我呢,在外貌上跟别的工人没有什么区别,像他们一样只穿着背心和破鞋做工。别人对我讲话都说"你",所有这些在她都是新奇的,感动了她。有一回她在场,一个在上面画鸽子的画工对我叫一声:

"米萨伊尔,把白颜料递给我!"

我就把白颜料送到他那儿去,等到后来我顺着一个单薄的木板台走下来,她就瞧着我,感动得流出眼泪,微微笑着。

"您多么可爱啊!"她说。

苦 恼 集

我从小就记得一件事:我们的一个富翁家里养着一只绿色鹦鹉,它从笼子里飞出来,后来这只美丽的鸟有整整一个月在我们城里飞翔,懒散地从这个花园飞到那个花园,孤单单,无家可归。玛丽亚·维克托罗芙娜使我联想到那只鸟。

"除了墓园以外,我现在简直没地方可去了,"她笑着对我说,"这个城简直叫人烦闷得要命。在阿若京家,大家朗诵、唱歌、娇声娇气地说话,近来她们简直叫我受不了。您姐姐是个孤僻的人,布拉戈沃小姐不知什么缘故恨上了我。我又不喜欢看话剧。那么请教:我该怎么办呢?"

我常到她家里,身上带着油漆和松节油的气味,手是黑的,这却使她喜欢。她也希望我不要换一个样子去找她,只穿着普通的工人装就好。可是在客厅里这身衣服使我觉着拘束,我别别扭扭,仿佛穿着军装一样,因此每次我去找她,总是穿那身新的花呢衣服。这反而使她不痛快。

"您得承认,您还没有完全习惯您的新地位,"她有一回对我说,"工人服使您觉着拘束,您穿着它还嫌别扭。您说说看,这是不是因为您缺乏信念,您不满意这种地位?您自己选中的这种工作,您的油漆工作,莫非使您不满意吗?"她问,笑了,"我知道,油漆使得物件美观结实些,然而要知道,那些物件是属于市民和富人的,归根结蒂造成了奢华。此外,您不止一回说过,每个人都应当凭自己的双手挣来自己的面包,可是您挣来的是钱,而不是面包。为什么不照您那些话的真正含义去做呢?应当挣来粮食,那就是说应当耕耘,播种,收割,打谷,或者做这一类跟农业直接相关的工作,比方说放牛,垦地,造木房……"

她打开立在她写字台旁边的一个好看的柜子,说:

"我跟您讲这些话,是因为想让您知道我的秘密。Volià!① 这是我的农业藏书。这儿有田地,有菜园,有

---

① 法语:都在这儿了!

果园,有牲口棚,有养蜂场。我热心地读过这些书,已经在理论上把这一切研究透彻了。我的梦想,我的美好的幻想是一到三月我就到我们的杜别奇尼亚去。那儿真好,妙极了! 不是吗? 头一年我要仔细把事情看一看,习惯一下,第二年我就真正亲自动手干活,像俗话所说的那样,拼命地干。父亲答应过把杜别奇尼亚送给我,我要在那儿按我的意思干起来。"

她涨红了脸,兴奋得流出眼泪,笑着,说着自己的梦想,她说她要在杜别奇尼亚住下,那会是很有趣味的生活。我羡慕她。三月快要到了,白昼越来越长,在晴朗的日子里,到了中午,房檐上往下滴水,空气中有春天的气息了,我自己也想下乡。

她说她要搬到杜别奇尼亚去住下,我就痛切地想到我要一个人留在城里了,我觉着我羡慕她的书柜,羡慕农业。我不懂农业,也不喜欢务农,很想对她说:务农是奴隶的工作,可是想起这类的话我父亲说过不止一次,我就没有说出来。

大斋期到了。工程师维克托·伊万内奇从彼得堡回来,我却已经渐渐忘记这个人了。他出人意料地回来,甚至没有预先打个电报通知一声。一天傍晚我照例到他家去,不料他正在客厅里走来走去,讲着什么,他刚洗过脸,刮过胡子,年轻了十岁。他的女儿跪在那儿,从手提箱里拿出许多盒子、小瓶、书籍,把这些交给仆人巴威尔。我一看见工程师,不由自主地倒退一步,他却向我伸出两只手,露出又白又结实像马车夫一样的牙齿,含笑说道:

"他来了,他来了!看见您我很高兴,油漆工人先生!玛霞把事情都跟我讲了,她刚才对您大唱赞歌。我完全了解您,赞成您!"他接着说,挽住我的胳膊,"做个正派的工人比起消耗公家的纸张和戴上公家的帽徽高明多了,也正直多了。我自己就用这两只手在比利时做过工,后来还当了两年机车司机……"

他穿着短上衣,按着家常打扮穿着拖鞋,走来走去,好像害了痛风病似的,身子有点摇晃,搓着手。他小声哼着一支歌,带点鼻音,畅快得不住缩起脖子,因为他终于回到家,洗过自己所心爱的淋浴了。

"这是毫无疑问的,"他在吃晚饭时候对我说,"这是毫无疑问的,你们是可爱的、招人喜欢的人,可是不知什么缘故,先生,你们只要从事体力劳动,或者开始拯救农民,到头来总是弄到这一切变成教派活动了事。难道您不是一个教派信徒吗?瞧,您不喝白酒。这不是教派是什么呢?"

为了使他满意,我就喝白酒。我还喝了葡萄酒。我们品尝工程师带回来的奶酪、腊肠、馅饼、酸辣菜、种种的凉菜,另外还有工程师不在家的时候从国外寄来的葡萄酒。葡萄酒是上等的。不知什么缘故工程师常常收到从国外免税寄来的葡萄酒和雪茄烟,不知什么人常常免费寄给他鱼子和干鱼肉。他住房子不花钱,因为房主供应铁路煤油。总之,他和他的女儿给我留下这样的印象,仿佛全世界一切好东西都是供他们使用的,他们完全不必出钱就可以拿到手。

我仍旧常上他们家去，可是兴致已经不那么好了。工程师使我觉着拘束，有他在场我就觉着自己的手脚仿佛全给捆住了。我受不了他那两只明亮坦率的眼睛，他那些论调使我厌倦，反感。我想起不久以前我还是这个保养得很好、脸色红润的人的部下，想起他待我粗暴得不得了，这些回忆也使我厌烦。不错，他搂住我的腰，亲热地拍我的肩膀，赞成我的生活，可是我觉着他照旧看不起我的卑微，只为博得女儿的欢心才跟我敷衍。我再也不能照我本心那样说说笑笑了，我觉着话不投机，老是暗自料着马上他就要叫我潘捷列，就跟叫他的仆役巴威尔一样，我那内地的、庸俗的自尊心是怎样地愤愤不平啊！我这个穷人，油漆工人，每天来找这些被全城看做外国人而且跟我全不相干的富人，每天在他们家里喝贵重的葡萄酒，吃不平常的食物，我的良心不肯容忍这些！每逢我到他们家去，总是阴沉地避开路上的行人，皱起眉头，倒好像我真是个教派信徒似的，每逢我从工程师家里出来，总因为自己饱餐了一顿而害臊。

最主要的是我担心自己会入迷。不管我在街上走着也好,在做工也好,跟同伴谈话也好,我时时刻刻只是想着傍晚我要去找玛丽亚·维克托罗芙娜,暗自想象她的嗓音、笑声、步态。每次我准备去找她,总要在奶娘那面凸凹不平的镜子前面站上许久,系好领带,我那身花呢衣服惹得我讨厌。我一面难过一面又看不起自己,觉得自己那么浅薄。遇到她在另一个房间里向我打招呼,说是她没穿好衣服,要我等一等,我就听她换衣服的声音,这使我激动,觉着我脚底下的地板好像陷下去了。我在街上哪怕远远地看见一个女人的身材,也一定要比一比,在这种时候我觉着我们所有的女人和姑娘都俗气,穿得不像样子,举动粗俗,这种相比在我心里挑起一种骄傲的感觉:玛丽亚·维克托罗芙娜比所有的人都好!夜里做梦,我总是梦见她和我在一块儿。

有一天晚饭时候,我们跟工程师一块儿吃了整整一只大海虾。后来我回到家,想起来晚饭席上工程师有两次叫我"最可爱的人",我就暗想:在这个家里他们待我亲热就像待一只跟主人失散的、倒霉的大狗一样,他们在拿我取乐,等到他们厌倦了我,就会把我像狗似的赶出来。我又害臊又难过,难过到流出眼泪,好像我受了侮辱似的。我瞧着天空,暗自赌咒要从此把这件事一刀两断。

第二天我就没有到多尔日科夫家里去。夜深了,天色已经完全漆黑,又下着雨,我沿大贵族街走着,瞧着窗户。阿若京家的人已经睡熟,只有边上的一个窗子里有亮光,那是阿若京家的老太婆在自己房间里刺绣,点着三支蜡烛,自以为在跟迷信做斗争。我家已经黑了,对门多尔日科夫家的窗子却亮着,可是隔着花和窗帘什么也看不清。我不住地在街上走来走去,三月的凉雨浇在我的身上。我听见我的父亲从俱乐部里回来,他敲大门,过一分钟窗子里透出灯亮,我看见姐姐举着灯急急忙忙走来,一边走一边用一只手整理头上浓密的头发。后来父亲在客室里走来走去,搓着手讲一件什么事,姐姐坐在一把圈椅上,一动也不动,在想什么,没有听他讲话。

可是后来他们走出去,灯就熄了……我回头看工程师的家,这时候也黑了。在黑暗中,在雨地里,我觉着自己孤苦伶仃,听凭命运摆布,觉得如果跟我这种孤独相比,跟现在和日后的生活里还要发生的痛苦相比,那么我的一切行动、愿望、这以前我想过和说过的一切,就都渺小了。唉,活人的行动和思想远不及他的悲伤重大!于是我自己也没有弄明白我自己在做什么,竟用尽气力拉一下多尔日科夫家的门铃,把它拉断,然后沿着街道跑去,像小孩子一样,担惊害怕,以为马上一定会有人走出来,认出我。等我跑到街头站住,喘一口气,却只听见雨声哗哗地响,守夜人在远远的什么地方敲一块铁板。

我有整整一个星期没到多尔日科夫家里去。那身花呢衣服被我卖掉了。油漆工作没有,我就到处去找繁重而不愉快的工作,每天挣一二十个戈比,又半饥半饱地活着。我在没膝的冷泥里蹚来蹚去,累得胸腔隐隐作痛,我想照这样把种种回忆压下去,仿佛要为我在工程师家里吃过干酪和罐头食品而惩罚自己似的。可是话虽如此,等到我又湿又饿地在床上刚刚躺下来,我那有罪的幻想就立刻开始为我画出美妙诱人的画面,我就只好暗暗吃惊地对自己承认说我爱着她,热烈地爱着她。随后我就沉酣健康地睡熟了,我觉着我的身体在这苦役般的生活中反而变得更强壮更年轻了。

有一天傍晚,跟时令大相径庭,天下起雪来,而且刮起了北风,倒好像冬天又来到了。这天傍晚我下工回家,碰见玛丽亚·维克托罗芙娜坐在我的房间里。她穿着皮大衣坐在那儿,把两只手揣在暖手筒里。

"为什么您不到我家里去了?"她问,抬起她那对聪明而发亮的眼睛。我快活得心乱极了,笔直地站在她面前,就跟父亲要打我的时候我站着的姿势一样。她瞧着我的脸,从她的眼神看得出她明白我为什么这样心慌意乱。

"为什么您不到我家里去了?"她又问一遍,"既然您不肯去,我就自己来了。"

她站起来,走到我跟前。

"别丢开我,"她说,她的眼睛里满是泪水,"我孤单,十分孤单!"

她哭起来,用暖手筒盖住脸说:

"我孤孤单单!对我来说生活是沉重的,沉重得很。在整个世界上除了您以外我没有第二个人了。别丢开我!"

她微微一笑,同时找手绢要擦干眼泪。我们沉默了一会儿,随后我就搂住她,吻她,这时候她帽子上别着的佩针把我的脸划出了血痕。

我们就谈起来,谈得那么亲热,仿佛我们早已很亲密了似的……

十

大约过了两天她就打发我到杜别奇尼亚去,我说不出的高兴。我到车站去的时候,后来坐在火车里的时候,老是无缘无故地发笑,人们瞧着我,把我看成醉汉了。天在下雪,早晨很冷,可是道路已经变黑,乌鸦在那上面飞来飞去,呱呱地叫。

起初我打算在切普拉科娃太太家对面那个厢房里给我们两个人,我和玛霞,布置住处,可是那里原来早已住下许多鸽子和鸭子,要收拾干净就不能不毁掉许多鸟巢。无可奈何,我们只好搬进那所下着百叶窗的大房子,住在那些不舒适的房间里。农民们把这所大房子叫做宫殿。那里面有二十多个房间,摆设却只有一架钢琴和一个给孩子坐的、如今放在阁楼上的小圈椅,即使玛霞把自己的全部家具都从城里运来,我们也仍旧不能消除这种阴森的空虚和寒冷的印象。我选出三个不大的房间,它们的窗户都对着花园。我从早到晚收拾这几个房间,安上新玻璃,糊好壁纸,填塞地板上的隙缝和小洞。这是轻松愉快的劳动。我不止一次跑到河边去,看冰流走没有,老是觉着好像椋鸟飞来了。晚上我想着玛霞,带着说不出的甜蜜感觉,带着满腔的快乐,听耗子吵闹,听风在天花板上呜呜地叫,不住敲打。好像有个老家神在阁楼上咳嗽似的。

雪很深,到三月末还下了很大的雪,不过,仿佛谁使了魔法似的,雪很快就融化,春天的洪水汹涌而来,于是四月初椋鸟就喊喊喳喳地叫,黄色蝴蝶飞进花园里来了。天气好极了。每天黄昏以前我总要走到城里去跟玛霞见面,在那渐渐干燥、至今还发软的道路上光着脚走路是多么痛快啊!我走到半路上坐下来,瞧着那座城,下不了决心再往前走了。一看见那座城,我就心慌意乱。我不住地想:我的熟人听到我的恋爱以后会怎样对待我呢?父亲会说什么呢?特别使我心慌的,是我想到我的生活复杂起来,我完全失去纠正它的能力,它像气球似的把我带到不知什么地方去了。我不再想怎样挣来每天的食物,不再想怎样生活,而只是想,说真的,我不记得我想什么了。

玛霞坐着马车来了。我就在她旁边坐下,我们一块儿高高兴兴,自由自在地到杜别奇尼亚去。或者我等到太阳下山,独自一个人烦闷无聊,满腔不满意地走回家来,不明白玛霞为什么没有来,不料在庄园门口或者在花园里,出人意料,有个可爱的影子迎着我走来,那就是她!原来她是坐火车来的,她出了火车站就步行到这儿来了。这是什么样的喜庆啊!她穿一件朴素的毛料连衣裙,围一条三角围巾,拿一把平常的阳伞,然而腰身束紧,身段苗条,穿着外国的贵重皮靴,这是一个有才能的女演员在扮演一个小市民姑娘。我们就在我们的庄园上巡视一遍,决定谁的房间应该在什么地方,什么地方应该是我们的林荫道、菜园、养蜂场。我们已经有了鸡、鸭、鹅,我们喜爱这些东西,因为它们是属于我们的。它们已经为播种准备下燕麦、三叶草、猫尾草、荞麦、蔬菜种子,我们每一回都要把这些东西检查一遍,花很多的工夫讨论收成会怎样,凡是玛霞对我说的话依我看来都非常聪明美妙。这是我一生中最幸福的一段时期。

圣多马周①过后不久,我们在距离杜别奇尼亚三俄里远的库里洛夫卡村我们教区的教堂里结了婚。玛霞希望一切都安排得平平常常,按照她的心意,我们的傧相是农村里的青年,唱歌的只有教堂诵经士一个人,我们从教堂回来的时候坐着一辆不大的、颠簸的马车,由她亲自赶车。从城里来的客人只有我姐姐克丽奥佩特拉一个人,玛霞在举行婚礼的前三天写给她一封信。姐姐穿着白色连衣裙,戴着手套。在举行婚礼的时候,她由于感动和快乐而轻声哭着,她脸上的表情像是慈母,无限的善良。她由于我们的幸福而陶醉,微微笑着,仿佛吸进一种甜美的空气似的。在举行婚礼的时

---

① 基督教的节日,复活节后的第一个星期,古时常在此期间举行婚礼。

候我瞧着她,这才明白对她来说世界上再也没有比爱情,人间的爱情更高尚的东西,她正在渴望这种爱情,这渴望虽是暗藏着的,胆怯的,然而它持久而且热烈。她搂住玛霞,吻她,不知道怎样表白她的快乐才好,就对她讲到我:

"他好!他好得很!"

在她动身离开我们以前,她换上平时的衣服,把我带到花园里去好跟我单独谈一谈。

"父亲很伤心,因为你没有写信告诉他,"她说,"应当请求他给你的婚礼祝福才对。不过实际上他很满意。他说在整个社会的眼睛里这段婚事把你抬高了,又说在玛丽亚·维克托罗芙娜的影响下你会比较严肃地对待生活了。现在我们一到傍晚就只谈你的事,昨天他甚至这样说:'我们的米萨伊尔。'这真叫我高兴。看起来,他正在暗自盘算什么,我觉着他仿佛打算对你做出宽宏大量的榜样,先跟你讲和。很可能过几天他会亲自到这儿来看你。"

她有好几回匆匆忙忙在我胸前画十字,说:

"好,求上帝跟你同在,祝你幸福。安纽达·布拉戈沃是个很聪明的姑娘,她谈起你的婚事,说这是上帝赐给你的一个新的考验。可不是!在家庭生活里不光是有快乐,也有痛苦。不会没有痛苦的。"

我和玛霞陪着她步行三俄里光景,然后我们慢慢走回来,一句话也不说,仿佛在养神。玛霞挽住我的胳膊,我们心里轻飘飘的,不再想谈情说爱。举行婚礼以后,我们彼此之间变得更亲近更密切,我们觉得再也不会有什么东西能够把我们拆开了。

"你姐姐是个可爱的人,"玛霞说,"不过看上去她好像长时期在受苦似的。你父亲一定是个可怕的人。"

我就对她讲起我和姐姐一向受着什么样的教育,实际上我们的童年多么痛苦,多么荒唐。她听到不久以前父亲还打过我,就打了个冷颤,紧紧地依偎着我。

"别说下去了,"她说,"这真可怕。"

现在她再也不离开我了。我们住在那所大厦的三个房间里,每到傍晚就关紧那道通到这所房子里没有人住的地方去的门,仿佛那边住着一个我们不认识的和害怕的人似的。我很早就起床,天一亮就起来,然后我立刻找点活儿干起来。我修理好大车,在花园里开辟道路,挖掘苗床,油漆房顶。临到播种燕麦的时候,我试着把地重耕一遍,耙一耙松,撒下种子,这些事我做得很认真,不下于雇工;我干得很累,受着雨淋,迎着刺骨的冷风,我的脸和腿长久地发烧,每天夜里我都梦见一片垦松的土地。可是田间工作不能吸引我。我不懂农业,也不喜欢它,这可能是因为我的祖先不是农夫,我的血管里流着的纯粹是城里人的血。大自然我是深深喜爱的,我喜爱田野,喜爱草场,喜爱菜园,可是用犁耕地、吆喝着瘦马的农民却穿得破破烂烂,浑身湿透,伸长了脖子,依我看来他们是一种粗暴的、野蛮的、丑恶的力量的表现,每逢我瞧着他们的笨拙的动作,我总是不由自主地想起早已成为过去的、人类还不会用火的时代的、传奇般的生活。常有一头凶猛的公牛跟农民的成群的牲口一块儿走着,或者一匹马在村子里跑来跑去,响起一片马蹄声,这种事总是弄得我满心害怕。凡是略略大一点、强壮一点、凶猛一点的东西,不管它是长着犄角的公羊也好,鹅也好,拴着链子的狗也好,总使我觉得就是那种粗暴野蛮的力量的表现。遇到恶劣的天气,在耕耘过的黑土上空悬挂着沉重的乌云,这种成见就特别强烈地在我心里抬头。尤其是我耕地或者播种的时候,总有两三个人站在一旁看我干活,我就体会不到这种劳动是无法避免,理所当做的,反而觉着自己好像在玩乐似的。我比较喜欢做院子里的工作,再也没有比油漆房顶更使我喜欢的工作了。

我常常穿过花园,穿过草场,到我们的磨坊去。这个磨坊已经由一个库里洛夫卡村的农民斯捷潘承租下来,他长得漂亮,皮肤发黑,留一把浓密的黑色大胡子,从外貌看来像是一个大力士。他不喜欢磨坊的生意,认为这种生意枯燥乏味,无利可图,他只是为了免得住在家里才到磨坊来住的。他是个马具匠,周围总有一股好闻的松香和皮革的气味。他不喜欢谈话,为人疲疲沓沓,不爱活动,老是坐在岸边或者门槛上,嘴里哼着"乌——溜——溜——溜"。有时候他妻子和岳母从库里洛夫卡村来找他,她俩都长着白白的脸,身子很瘦,性情温柔。她们对他深深地鞠躬,称呼他"您,斯捷潘·彼得罗维奇"。他呢,既不说一句话也不动一下来回答她们,反而躲到一旁去,在岸边上坐下,轻声哼着"乌——溜——溜——溜"。他的岳母和妻子在沉默中过了一两个钟头,然后交头接耳地说几句话,站起来,对他看一阵,等他回过头来,然后她们深深地鞠躬,用娇滴滴的唱歌声音说:

"再见,斯捷潘·彼得罗维奇!"

她们就走了。这以后,斯捷潘就把她们留下的包着小面包圈或者衬衫的包袱收拾起来,叹口气,对她们那边睐一下眼,说:

"娘儿们!"

这个有两盘磨的磨坊昼夜不停地工作。我帮斯捷潘做工,我喜欢这种活儿。每逢他因事出外,我总是很愿意留下来替他干活。

十一

温暖晴朗的天气过去以后,来了道路泥泞的季节。整个五月下着雨,天气很凉。磨盘的闹声和雨声使人发懒和犯困。地板颤摇,空中弥漫着面粉气味,这也使人想打盹。我妻子穿着短皮袄,穿着男人的高筒雨靴,一天来两次,老是说那一套话:

"这也叫做夏天!比十月里还糟!"

我们一块儿喝茶,烧粥,或者一连几个钟头默默地坐着,等着雨停。有一回斯捷潘赶集去了,玛霞在磨坊里住了一夜。等到我们起床,我们也不知道那是几点钟,因为雨云盖没了整个天空,只有杜别奇尼亚的那些带着睡意的公鸡在啼,草场上有些秧鸡在叫,时候还很早很早……我跟妻子走下坡去,到了水边,把昨晚斯捷潘当着我们的面抛下河去的捕鱼篓子拖上来。那里面有一条大鲈鱼在挣扎,另外还有一只螃蟹,向上举起螯,直立起来。

"把它们放了吧,"玛霞说,"让它们也幸福吧。"

由于我们起身很早,后来又没有事做,这一天就显得很长,成了我一生中最长的一天。将近傍晚,斯捷潘回来了,我就回家,到庄园里去了。

"今天你父亲坐车来了。"玛霞对我说。

"他在哪儿?"我问。

"他走了。我没有招待他。"

她看见我站住,一句话也不说,看出我为我父亲抱歉,就说:

"人得始终一贯才对。我没有招待他,吩咐人传话给他说,从今以后他不必再担心,不必再来看我们。"

过了一分钟我走出门外,往城里走去,想对父亲解释一下。路上又烂又滑,天气很冷。婚后,这还是我头一回突然心境忧郁起来。我那脑子被这漫长灰色的一天弄得十分疲乏,这时候忽然闪过一种想法:也许我不该这样生活吧。我疲倦了,我渐渐无精打采,心灰意懒,不愿动手脚,动脑筋了。我走了一会儿,挥一挥手,转过身走回去了。

院子中间站着工程师,他穿一件带风帽的皮革大衣,大声说:

"家具上哪儿去了?本来这儿有帝国式的好家具,有画片,有花瓶,可是现在却空空如也!我买这庄园是连家具一齐买下的,叫鬼逮了她去才好!"

他身旁站着将军夫人的雇工莫伊谢伊,手里揉着自己的帽子。这是个二十五岁左右的小伙子,身材很瘦,脸上长着碎麻子和一对满不在乎的小眼睛,这边脸比那边脸大,好像他把这边脸压扁了似的。

"老爷,您买下的时候不带家具,"他迟疑地说,"我记得。"

"闭嘴!"工程师大叫一声,满脸涨紫,全身发抖,花园里的回声响亮地应答他的叫声。

十二

我在花园里或者院子里干活,莫伊谢伊常常站在我身旁,把手背在后面,用他那对小眼睛懒洋洋地、满不在乎地瞧着我。这总惹得我十分不痛快,弄得我只好丢下工作一走了事。

我们从斯捷潘那儿听说这个莫伊谢伊是将军夫人的情夫。我发现人家来找她借钱的时候,总是先找莫伊谢伊,有一回我看见一个乡下人,全身发黑,大概是煤炭工人,在他面前跪下来。有时候他跟别人小声商量一阵,自己拿出钱来,并没有去报告太太,因此我推想他遇到机会来了,自己拿出钱来做交易。

他在我们花园里窗跟底下开枪打鸟,从我们地窖里拿走食物,事先也不问一声就把我们的马牵走。我

们生气,不再相信杜别奇尼亚是属于我们的了,玛霞脸色发白地说:

"难道我们得跟这些混蛋再相处一年半吗?"

将军夫人的儿子伊万·切普拉科夫在我们铁路上做乘务员。一个冬天,他变得瘦多了,弱多了,只要喝一杯酒就能醉,到了不见太阳的地方就觉着冷。他穿着乘务员的制服很不痛快,而且很难为情,不过他认为自己的职务有油水,因为他可以把蜡烛偷起来卖掉。我的新地位在他心里勾起一种可笑的感触,他又是惊奇又是羡慕,而且抱着模糊的希望,但愿他也有同类的机遇才好。他用欣赏的眼睛瞧着玛霞,问我现在进餐时候吃什么东西,他那难看的瘦脸上就现出忧郁而甜蜜的神情,他的手指头也动起来,倒好像摸着了我的幸福似的。

"听着,小利钱,"他忙忙乱乱地说,每隔一分钟就点一回烟,他站着的地方总是很脏,因为他吸一支烟要用十根火柴,"你听着,现在我的生活糟透了。主要的

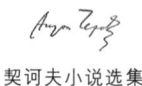

是每个小小的军官都可以吆喝我:'你这看车的!你!'老兄,我在火车上听够了各式各样的话,你要知道,我现在明白了:生活是一片肮脏!我母亲毁了我!在火车上有一位医师对我说:如果父母放荡,他们的子女就会成为酒鬼或者罪犯。原来是这样!"

有一回他摇摇晃晃地走进院子里来。他的眼睛茫然地乱看,他的呼吸困难。他又笑又哭,嘴里说着什么,仿佛发着高烧在说胡话似的。在他那些乱糟糟的话里我只能听懂这样几句:"我的母亲啊!我的母亲在哪儿?"他哭着说这几句话,好像小孩子在人群中跟母亲走散了似的。我就把他领到我们的花园里去,把他安顿在树荫底下,然后那一整天和一整夜我跟玛霞轮流守在他的身旁。他病了,可是玛霞带着憎恶瞧着他那苍白湿润的脸,说:

"难道这些混蛋在我们的院子里还要住上一年半吗?这真可怕!这真可怕呀!"

那些农民惹得我们多么伤心啊!在最初那段时

期,在春天那些月份,在我们那么巴望幸福的时候,我们却遭到多么沉重的失望!我的妻子要办一个学校。我为那学校画了一个草图,容纳六十个孩子。地方自治局执行处也赞同,可是劝她在库里洛夫卡村办学校,那是个大村子,离我们有三俄里远。顺便要说到,库里洛夫卡村原有一个学校,在那里有四个村子的孩子去读书,我们杜别奇尼亚也包括在内,可是这学校又旧又挤,在那儿的朽烂地板上走路已经有危险了。三月末,按照玛霞的心意,她奉派担任了库里洛夫卡村学校的监督人,四月初我们三次召集会议,劝告农民说他们的学校又挤又旧,非修建新学校不可。地方自治局执行处派人到场,平民学校的学监也来了,他们也都劝告农民。每次开完会以后,农民总是围住我们,要我们请他们喝一大桶白酒。我们被人群围住,觉着很热。我们不久就筋疲力尽,回家去了,心里很不满意,而且有点发窘。最后农民总算给学校拨出一块地,然后他们得用自己的马从城里把全部建筑材料运回来。他们刚忙完春播作物,头一个星期日就从库里洛夫卡和杜别奇尼亚赶着大车去运砖回来奠地基。天刚亮他们就动身,可是直到夜深才回来;那些农民喝得醉醺醺的,说是他们累得要命。

仿佛故意捣乱似的,整个五月一直下雨,天冷。道路坏了,泥泞不堪。从城里回来的大车照例绕到我们的院子里来,那是多么可怕呀!瞧,大门口出现了一匹马,叉开前腿,大着肚子,在把车拉进院子里来以前深深低下头去。车上装着一根二十俄尺长的圆木,看上去又湿又滑。车子旁边走着一个农民,因为有雨而把衣服裹紧身子,把衣裾掖在腰带里,他眼睛并不瞧着脚底下,也不绕过泥塘,却大踏步走着……随后又出现一辆大车,装着薄木板,然后又出现一辆,装着圆木,再后又是一辆……正房前面那块空地渐渐挤满了马匹、圆木、木板。农民和包着头、把连衣裙底襟掖起来的农妇气冲冲地瞧着我们的窗子,吵吵嚷嚷,要太太出来,粗野的咒骂声传来。莫伊谢伊站在一旁,我们觉得他看见我们受到侮辱仿佛高兴似的。

"我们再也不管运了!"农民们喊道,"我们累坏了!让她自己去运吧!"

玛霞脸色发白,惊慌失措,以为他们马上就要冲进房子里来了,就打发人送出半桶酒去,这以后吵闹声才平息,长长的圆木一根连一根地爬出院子去了。

我准备到建筑工地去,我妻子激动起来,说:

"农民们凶得很。只求他们别对你胡闹才好。不,等一等,我跟你一块儿去。"

我们一块儿坐着车到库里洛夫卡村去,在那儿木工们要我们赏他们一些酒钱。木架已经搭好,是奠立基石的时候了,可是瓦工还没来,结果只好窝工,木工们抱怨起来。后来瓦工总算来了,不料又发现没有沙土,不知怎的大家忘了这儿要用沙土。农民们利用我们束手无策的局面,要三十个戈比运一车沙土,其实从工地到河边去装沙土不到四俄里远。他们一共要运五百多车才够用。误会啦,谩骂啦,纠缠啦,闹个没完,我

妻子生气,瓦工的包工头季特·彼得罗夫是一个七十岁的老人,挽住她的胳膊说:

"你瞧着吧!你瞧着吧!你只要给我运来沙土,我就一下子给你派十个人来,两天里头就把活儿做完。你瞧着吧!"

可是沙土运齐了,过了两天,四天,一个星期,在准备奠基的那个地方仍旧张开着一条空荡荡的沟。

"这简直要叫人发疯!"我妻子激动地说,"这些老百姓是什么样的人啊!什么样的人啊!"

正在这种乱糟糟的时候工程师维克托·伊万内奇到我们这儿来了。他随身带来用纸包着的一瓶葡萄酒和凉菜,吃了很久,然后在露台上躺下来睡觉,呼呼地打鼾,招得工人们摇着头说:

"可了不得!"

他来了,玛霞并不高兴,她不相信他,同时却又跟他商量,他饭后睡了一大觉,醒来心绪恶劣,对我们的农活批评一阵,或者后悔买下杜别奇尼亚,因为它给他带来那么多的损失,在这种时候可怜的玛霞脸上总是现出难过的神情。她向他抱怨起来,他就打着呵欠说,应当把农民打一顿才对。

他把我们的婚事和我们的生活叫做喜剧,他说这是任性,胡闹。

"她已经出过这类的事,"他对我讲到玛霞,"有一回她自以为是歌剧演员,就离开我走了。我找了她两个月,我最可爱的人,单是电报费我就花了一千卢布。"

他不再像以前那样称呼我教派信徒,油漆工先生,也不像以前那样用赞许的态度对待我的劳动生活,而只是说:

"您是个怪人!您是个不正常的人!我不敢预言,不过您的下场好不了!"

玛霞夜间总睡不好,老是坐在我们寝室的窗前想什么。吃晚饭的时候不再有笑声,她也不再做可爱的鬼脸。我心里难过,天下雨的时候每颗雨点都像小子弹似的打进我的心里，我恨不得跪在玛霞面前，替天气赔罪才好。农民们在院子里闹，我也觉着自己有罪。我往往一连几个钟头坐在一个地方不动，一心想玛霞是个多么出色的人，多么了不起的人。我热烈地爱她，凡是她说的话，她做的事都使我陶醉。她倾向于安静的书房工作，她喜欢长时间看书，研究点什么。她只凭书本了解农业管理，然而她的知识却使我们惊奇，她出的主意全都合用，没有一个在农业管理中是白费的。此外她又多么高尚，多么风雅，多么温和啊，只有受过极好的教育的人才会那么温和！

对这个具有健康活跃的智慧的女人来说，我们现在生活中的这种杂乱环境以及种种小烦恼和小是非痛苦的。这一点我自己也看出来了，一到晚上我就睡不着觉，苦苦思索，喉咙里发堵，恨不能哭一场才好。我翻来覆去，不知道该怎么办好了。

我坐车进城，给玛霞运来书籍、报纸、糖果、花卉。我跟斯捷潘一块儿捕鱼，一连几个钟头淋着雨在凉水里走来走去,让水没到脖子上,为的是捉到一条山鲶鱼,给我们的饭菜添一点花样。我低声下气地求农民们别闹,请他们喝酒,花钱买动他们的心,对他们许下种种的愿。此外我还做了多少蠢事啊!

最后雨总算停了,土地干了。我清早四点钟光景起床,走进花园,看见露珠在花朵上闪光,鸟儿和昆虫叫出一片喊喊喳喳的闹声,天上一点云也没有,花园、草场、河流都那么美,可是我想起了农民,想起了大车,想起了工程师!我和玛霞坐一辆轻便的马车到田野上去看一看燕麦。她赶车,我坐在她身后。她的肩膀微微耸起来,风戏弄她的头发。

"靠右边走!"她对迎面来的人嚷道。

"你很像赶车的。"有一天我对她说。

"很可能!我祖父,也就是工程师的父亲,本来就是赶车的。你不知道吧?"她回转身来问我,而且立刻表演赶车的怎样吆喝,怎样唱曲子。

"谢天谢地!"我听着她的声音暗想,"谢天谢地!"

我又想起了农民,想起了大车,想起了工程师……

十三

医师布拉戈沃骑着自行车来了。姐姐也开始常常到这儿来。我们又谈体力劳动,谈进步,谈在遥远的未来等待人类的神秘的未知数。医师不喜欢我们的农活,因为它妨碍我们争论,他说耕耘、收割、放牧之类的工作跟自由人是不相称的,人类逐渐会把所有这些生存斗争的粗鄙方式交给牲畜和机器去做,他们自己专门致力于科学研究。姐姐老是要求让她早点回家去,要是人们把她留到夜深,或者留她过夜,她就非常心神不定。

"我的天,您简直还是个孩子!"玛霞用责备的口气说,"是啊,这甚至可笑。"

"不错,这是可笑的,"姐姐同意说,"我承认这是可笑的,可是我既然没有力量克制自己,那又有什么办法呢？我老是觉着好像我做得不对似的。"

到割草季节，我由于没有做惯而周身酸痛。傍晚我跟家里人一块儿坐在露台上谈天，我往往忽然睡着了，大家就对着我大声笑起来。他们叫醒我，把我安顿在桌子旁边吃晚饭，可是我睡意蒙眬，好像在梦中似的看见那些灯火、人脸、菜碟，听人们说话，却什么也听不懂。我一清早就起床，立刻拿起镰刀来，或者到建筑工地去，工作一整天。

遇到节日我留在家里，就会发现我妻子和姐姐瞒着我什么事，甚至仿佛要躲开我。妻子待我仍旧温存，不过她脑子里有了一种什么想法，却不肯告诉我。毫无疑问，她对农民的气愤正在增长，对她来说生活变得越发沉重了，然而她却不再向我抱怨。如今她倒乐意跟医师谈话，却不大乐意跟我谈话了。我不明白为什么会这样。

我们省里有一个风俗，遇到割草和收粮食的季节，每天傍晚工人们就走到主人院子里来，主人就请他们喝白酒,连年轻的姑娘也喝一杯。我们没有照这个风俗做。割草人和村妇们就在我们院子里一直站到夜深,等酒喝,然后一边骂着一边走出去。在这种时候玛霞就严厉地皱起眉头,一声不响,或者气忿地低声对医师说:

"野人!贝琴涅戈人①!"

在乡村里就跟学校里一样,新来的人总是受到无礼的,甚至敌意的对待。我们也受到了这种待遇。起初人们把我们看做两个头脑简单的笨人,认为我们买下庄园只是因为有了钱无处用罢了。他们笑我们。农民把牲口放进我们的树林里,甚至放进我们的花园里来。他们把我们的奶牛和马赶到他们村子里去,然后走来要求赔偿,说是踏坏了他们的庄稼。他们成群结伙地到我们院子里来,七嘴八舌地声明说,好像我们在割草的时候侵入了不属于我们所有的什么贝谢耶甫卡

---

① 土耳其的一个古代民族,曾经屡次侵入俄罗斯。

村或者谢明尼哈村的地界。我们还不很清楚我们的地界,因此我们听信这话,付了罚款,可是事后查明,我们割草的地段没有弄错。我们树林里的小菩提树被人剥掉了树皮。有一个杜别奇尼亚的富农没有牌照私自卖白酒,他买通我们的工人,一块儿用最奸诈的方式欺骗我们,把大车上的新车轮换成旧车轮,把我们耕田用的马轭弄到手再转卖给我们,等等。然而最可气的是库里洛夫卡建筑工地上出的事,在那儿村妇们每天夜里偷木板、砖头、瓷砖、生铁,村长带着证人到她们家里搜查,村社罚她们每人出两个卢布,然后这些罚款却被整个村社拿去喝酒了。

玛霞知道了这件事,就愤慨地对医师或者对我姐姐说:

"简直是畜生!这真可怕!可怕!"

我不止一次地听见她说,她后悔起意造学校了。

"您要明白,"医师劝她说,"您要明白,要是您造这个学校,或者一般的做好事,那您不是为了农民,而是为了文化,为了未来。农民越坏,也就越有理由要造学校。您要明白这一点才好!"

可是他的声调透露了他缺乏信心,我觉得他跟玛霞同样憎恨农民。

玛霞常到磨坊去,而且带我姐姐一块儿去。她俩笑着说,她们去看斯捷潘,他长得多么漂亮。原来斯捷潘只有跟男人在一起才显得迟钝,不爱说话,他跟女人在一块儿就随随便便,他的话也滔滔不绝了。有一回我来到河边洗澡,无意中听见他们在谈话。玛霞和克丽奥佩特拉两个人都穿着白色连衣裙,坐在岸边一棵柳树的宽大的荫影下面,斯捷潘站在旁边,把手放在背后,说:

"难道农民算是人吗?他们不是人,而且,对不起,他们是野兽,骗子。农民过的是什么生活呢?光是吃啦,喝啦,只求伙食便宜点就好,到酒馆里拼命灌酒。他们对你说不出一句好话,没有一点好样子,不懂什么叫礼数,就是粗野!他自己在烂泥里打滚,他妻子在烂泥里打滚,他孩子在烂泥里打滚。不管到了哪儿他倒头就睡,菜汤里有土豆,他干脆伸出手指头去捞,喝起克瓦斯来连蟑螂也一齐喝下去,连吹一口气把它吹掉都不肯!"

"要知道这是穷啊!"姐姐插嘴说。

"哪里是穷!不错,他们苦是苦的,可是苦跟苦不同,小姐。要是人关在监狱里,或者比方说瞎了眼睛,瘸了腿,那么实在,求上帝别让人落到这步田地才好,可要是他自自由由,有头脑,有眼睛,有手,有力气,有上帝,那他还缺什么呢?这是胡闹,小姐,这是愚昧无知,不是穷。比方说,要是您,好心的上流人,受过教养,有一片好心,打算周济他,那他就会昧下良心把您的钱拿去喝酒,要不然就更糟,他索性开一家酒店,拿您的钱去抢劫老百姓。您刚才说到穷。可是难道富裕的农民过活得好一些吗?对不起,也跟猪差不多。又粗又野,扯开嗓门哇哇地叫,蠢头蠢脑,横下里比直下里宽,一脸的肥肉,脸膛通红,你恨不能抡起胳膊来给他这个混蛋一记耳光才好。比方说,杜别奇尼亚的拉利昂就是个富裕的农民,可是恐怕他也在你们树林里剥树皮,不在穷农民以下。他爱骂人,他的那些孩子也爱骂人,他喝多了酒,就往泥塘里一滚,睡着了。小姐,他们都是些没出息的东西。跟他们一块儿住在村子里就跟住在地狱里一样。我讨厌它,那个村子。多亏主的恩典,上帝的恩典,我有吃有穿,在龙骑兵团里服满兵役,做过三年村长,现在成了自由的哥萨克,想上哪儿去就可以上哪儿去生活。我不愿意在村子里生活,谁也没有权利硬逼着我在哪儿生活。人家说,你有老婆啊。他们说,你得跟老婆一块儿住在小木房里。为什么非这样不可呢?我又不是她雇来的。"

"告诉我,斯捷潘,您是因为爱情才结婚的吗?"玛霞问。

"我们乡村里有什么爱情呢?"斯捷潘回答说,笑了笑,"太太,要是您有意知道的话,老实说,我是第二回结婚了。我并不是库里洛夫卡村的人,而是扎列戈希村的人,后来我是入赘到库里洛夫卡来的。这是说,爹妈不肯给我们分家,我们一共弟兄五个,我就鞠个躬,照这样子跑到一个外村来入赘了。我头一个老婆年轻轻的就死了。"

"怎么死的?"

"因为她蠢嘛。她老是哭,没来由地哭啊哭的,到后来就憔悴了。她一个劲儿地喝一种什么药水,好变得漂亮点儿,可是多半伤了内脏。我的第二个老婆是库里洛夫卡村的人,她有什么可取的呢?她是个乡下女人,村里的娘儿们,别的什么也不是。人家为她来找我提亲的时候,我心里活动了,我想她年纪挺轻,长得白白净净,家里样样都清洁。她妈就跟鞭身派教徒一样,喝咖啡,顶要紧的是她们过日子干干净净。所以我们就成了亲。可是第二天我们坐下来吃饭,我叫丈母娘给我拿一把调羹,她就去拿,我一瞧,她用手指头擦调羹呐。好家伙,我心想,这就叫做干净啊。我跟她们一块儿过了一年就走了。也许我该娶个城里人才对,"他沉默一会儿,接着说,"据说,老婆是丈夫的帮手。我要帮手干什么?我自己就会帮自己,做老婆的该跟我谈谈天,不过也别老是喊喊喳喳,应该有条有理,带感情地谈。缺了这种畅快的谈天还成个什么生活呢!"

斯捷潘忽然停住嘴,我立刻听见他哼起他那无聊而单调的"乌——溜——溜——溜"。这是说他看见我了。

玛霞常去磨坊,显然她在跟斯捷潘的谈话里找到了乐趣。斯捷潘那么真心而有力量地痛骂农民,这就把她吸引到他那儿去了。每逢她从磨坊回来,看守花园的呆子农民就对她喊道:

"小妞儿巴拉希卡!你好,小妞儿巴拉希卡!"他又学狗那样对她叫道:"汪!汪!"

她就停下来,注意地瞧他,仿佛她在这呆子的吠声中找到了她思想的解答似的。大概他也像斯捷潘的痛骂那样吸引她。家里等着她的却无非是一些消息,例

如村里的鹅钻进我们的菜园,把白菜啄坏了几棵,或者拉利昂偷了缰绳,她就耸着肩膀冷冷一笑,说:

"您对这些人还能指望什么呢?"

她生气,心里满是怨恨。同时我却跟农民们处熟,越来越跟他们相好了。他们大多数是神经质的、爱生气的、受尽侮辱的人。这些人的想象力已经被扑灭,他们愚昧无知,见识贫乏而模糊,老是那一套关于灰色的土地、灰色的日子、黑面包的想法。这些人狡猾,然而跟鸟那样只把头藏在树后面。他们不会算计。他们不肯为二十个卢布而上您这儿来割草,可是您只要肯出半桶酒,他们就来了,其实二十个卢布可以买四桶酒哩。他们也确实肮脏、酗酒、愚蠢、骗人,不过尽管这样,人却觉得一般说来农民生活是立足在一个坚固健康的核心上的。不管农民赶犁走着的样子多么像是一头笨拙的野兽,也不管农民怎样用白酒灌醉自己,可是人只要走近前去细细一看,就会感到农民有一种不可缺少的、很重大的东西,而比方说玛霞和医师就恰好缺少这种东西,那就是农民相信人世间最重要的东西是真理,他和所有人民的得救都只在于真理,因此人间万物当中他最喜爱的莫过于公正。我对妻子说,她看见了玻璃上的斑点,却没有看见玻璃本身。她往往用沉默作为回答,或者像斯捷潘那样哼着:"乌——溜——溜——溜"……每逢这个善良聪明的女人气得脸色惨白,嗓音发颤地跟医师讲到酗酒和欺骗,我总是弄不懂,而且为她的健忘吃惊。她怎能忘记她父亲,那位工程师,也喝酒,而且喝很多,他用来买杜别奇尼亚的钱是借助于一连串没廉耻、昧良心的欺骗得来的呢?她怎么能忘了这些呢?

十四

我姐姐也过着她自己的独特的生活,严密地瞒过我的耳目。她常跟玛霞交头接耳地说话。每逢我走到她跟前去,她总是畏畏缩缩,她的眼光变得负疚,哀求了。显然她灵魂里起了什么变化,她怕它,为它害臊。为了避免在花园里跟我相遇,或者跟我单独待在一块儿,她随时跟玛霞厮守着,弄得我很少有机会跟她谈话,只剩下吃饭的时候了。

有一天我从建筑工地回来,轻轻地走过花园。天黑下来了。我姐姐没有看见我,也没有听见我的脚步声,自顾在一棵枝叶茂密的老苹果树旁边走来走去,没有一点声音,仿佛是个幽灵。她穿一身黑衣服,走得很快,老是顺着一条线往返,眼睛瞧着地下。树上掉下一个苹果来,她给那响声吓一跳,站住,用手按住鬓角。这当儿我就向她面前走去。

一股温柔的爱忽然倾注到我的心头,不知什么缘故我含着眼泪想起了我们的母亲、我们的童年,我就搂住她的肩膀,吻她。

"你怎么了?"我问,"你心里难过,我早就看出来了。告诉我,你怎么了?"

"我害怕……"她说,身子发抖。

"你到底怎么了?"我追问道,"看在上帝分上,你老老实实说出来吧!"

"我说,我老老实实说出来,我把实在情形都告诉你。瞒着你是太沉重、太苦了!米萨伊尔,我在恋爱……"她接着小声说,"我在恋爱,我在恋爱……我幸福啊,可是不知什么缘故我又那么害怕!"

有脚步声传来,树木之间现出医师布拉戈沃的身影,上面穿着绸衬衫,下面穿着高筒靴。显然这儿,在这棵苹果树旁边,正是他们指定的约会地点。她一看见他,就激动地往他那边扑过去,痛苦地喊叫着,仿佛有人要把他从她身边夺去似的。

"弗拉基米尔!弗拉基米尔!"

她依偎着他,贪婪地瞧他的脸。一直到这时候我才发现近来她多么消瘦,多么苍白。这从她那花边衣领特别容易看出来,这个衣领我早就见过,现在却显得比以前任什么时候都肥大,包不严她那又瘦又长的脖

子了。医师有点慌张,不过立刻镇定下来,抚平她的头发说:

"好,得了,得了……为什么这样激动呢?你瞧,我来了。"

我们没有谈话,不好意思地互相看看。随后我们三个人一块儿走着,我听见医师对我说:

"我们的文化生活还没有开始。老人安慰自己说:要是现在什么也没有,那么四十年代或者六十年代却有过一些东西,这是老人,至于我们,都还年轻,marasmus senilis①还没有碰到我们的脑子,我们还不能用这类幻想来安慰自己。俄罗斯开国是在八六二年,而有文化的俄罗斯依我的理解却还没有开始。"

可是我没有理会这些论调。不知怎的有点奇怪,我不能相信姐姐在恋爱,不能相信她挽着一个生人的胳膊走着,温柔地瞧着他。我姐姐是个神经质的、担惊

---

① 拉丁语:老年的衰弱。

害怕的、受压制的、不自由的人,却爱上一个已经结了婚而且有了孩子的男人!我觉着有点惋惜,可是究竟惋惜什么,我却不知道,不知因为什么缘故,医师在场使我不愉快,而且我无论如何也想不出他们这种恋爱会有什么下场。

十五

我和玛霞坐车到库里洛夫卡去参加学校落成典礼。

"秋天了,秋天了,秋天了,……"玛霞瞧着两旁的景色小声说,"夏天过去了。鸟儿没有了,只有柳树还是绿的。"

是的,夏天过去了。晴朗温暖的日子来了,可是早晨很凉,牧人已经穿皮袄,我们花园里翠菊上的露珠一整天都不干掉。空中老是传来悲凉的叫声,分不清这是护窗板在生锈的合页上哀叫呢,还是有仙鹤飞过,总之人的心里那么畅快,那么想望生活!

"夏天过去了,……"玛霞说,"现在我们可以算一笔总账了。我们做了许多工作,思考了许多事,因而我们变得好多了,这增添了我们的名誉和光彩,我们在个人修养上有很大成就,可是我们这些成就对四周的生活有显著的影响吗?对任何一个人带来了益处吗?没有。愚昧无知、身体上的污秽、酗酒、惊人的高度的儿童死亡率,一切照旧。你耕地,下种,我花钱,读书,可是谁也没有因此得益。显然,我们只在为自己工作,我们海阔天空的思索也只是为自己罢了。"

这类论调常常使我不知所措,我不知道该怎么想才好。

"我们从头到尾始终是诚恳的,"我说,"凡是诚恳的人,就是对的。"

"谁会来争论呢?我们是对的,可是我们在做我们认为对的事的时候却做得不对。首先就我们方法的外在的一面来说,难道不是错的吗?你想对人们有益，然而只因为你买下庄园，那你从一开头起就堵塞了你对他们做任何有益的事的一切可能。其次，既然你跟农民一样地做工，穿衣服，吃东西，那你就用自己的威信把他们那种又粗又笨的服装、可怕的木屋、愚蠢的胡子合法化了……另一方面，姑且假定你工作很久很久，工作一辈子，而且到头来产生了一些实际效果，可是它们，你这些实际效果，挡得住像普遍的愚昧、饥饿、寒冷、退化之类的自发力量吗？这只不过是一滴水投进汪洋大海罢了！这儿需要另一种斗争方式，强大、勇敢、迅速的斗争方式！如果你真想变得有益，那就得走出日常活动的狭隘圈子，极力一下子影响广大的群众！这儿需要的首先是轰轰烈烈的、精力充沛的宣传。艺术，比方说音乐，为什么那样生动，那样广泛流传，实际上那样强大呢？这就是因为音乐家或者歌唱家一下子影响成千的人。可爱的艺术，可爱的艺术啊！"她接着说，梦幻地瞧着天空，"艺术给人翅膀，把人带到远远的、远远的地方去!凡是厌恶污秽和厌倦细小的、一分一厘的利钱的人,凡是被激怒的、受了委屈的、愤愤不平的人,只有在美的东西里才找得到安宁和满足。"

我们到库里洛夫卡的时候,天气晴朗,欢畅。有些院子里在打谷子,空气中弥漫着黑麦的麦秆香气。篱墙里面的花楸果一片鲜红。放眼看去,四周的树木都在变成金黄色或者变成红色。钟楼上响起钟声,人们抬着圣像到学校里来,同时传来了歌声:《热心的女保护神》①。空气多么清澈,鸽子飞得多么高啊!

人们在教室里做祷告。然后库里洛夫卡的农民把一个圣像献给玛霞,杜别奇尼亚的农民把一个大面包和一个镀金的盐瓶送给玛霞。玛霞抽抽搭搭地哭个不停。

"要是有人说过什么不该说的话,做过什么使人

---

① 指基督教中的圣母。

不痛快的事,那么请您原谅才好。"一个老人说,对她和我深深一鞠躬。

我们坐车回家的时候,玛霞不住回过头去看学校。由我漆成的绿房顶如今在阳光底下发亮,我们很久都看得见它。现在玛霞投过去的那种眼光,我觉得,是告别的眼光了。

十六

傍晚她准备进城去。

近来她常常坐车进城,在那儿过夜。她不在,我就没法做工,我的胳膊耷拉下来,软绵绵了。我们的大院子就显得乏味,空虚得讨厌。花园里充满怒冲冲的闹声。缺了她,房子、乡村、马匹,对我来说,就不再是"我们的"了。

我总是不出家门,老是坐在她的书桌那儿,挨近那个装满农业书籍的书柜,那些往日受到宠爱的书籍现在已经不需要,它们那么困窘地瞧着我。我一连几个钟头赏玩她的旧手套、她平时用来写字的钢笔或者她那把小剪刀,听着钟声敲七下,八下,九下,窗外出现了秋天的夜晚,黑得跟煤烟一样。我什么事也做不下去,清楚地体会到:如果早先我做过什么事,如果我耕过地,割过草,砍过柴,那也只是因为她希望这样罢了。即使她打发我去清理一口深井,而我得站在井里让水齐到腰上,我也会爬进井里去,不管这样做需要不需要。如今她不在旁边,杜别奇尼亚、这片废墟、这份杂乱、那些被风吹得砰砰响的护窗板、那些白天和夜晚不断光临的盗贼,在我眼里就成为一片混沌,做任什么工作也无益了。再者,既然我觉得我脚底下的土地已经不存在,我在这儿,在杜别奇尼亚所扮的角色已经演完,总之既然等待着我的是那些农业书籍所遭到的那种命运,那我何必再在这儿做工,何必为未来操心和费脑筋呢?啊,晚上,在那些孤独的光阴里,我时时刻刻提心吊胆地听着,好像预料马上就会有个人来大叫一声,说是我该走了,在那种时候我是怎样苦恼啊!我倒不是舍不得杜别奇尼亚,我是惋惜我的爱情,显然这爱情也已经到了它的秋天。爱着别人而又被人爱着是多么巨大的幸福啊,可是感觉到自己从这个高塔上一头栽下来,那又是多么可怕!

第二天傍晚以前玛霞从城里回来了。她为了一件什么事不高兴,不过她瞒住我,只是说,为什么把冬天用的外层窗子都装上了,这样真会闷死人呢。我就卸下了两扇窗子。我们不觉着饿,可是我们还是坐下来吃晚饭。

"别忙,你先洗一洗手吧,"妻子说,"你手上有一股油灰的气味。"

她从城里带回来一些新的画报,吃过晚饭以后我们就一块儿看画报。画报的副刊上有时装画和衣服式样。玛霞略略浏览一遍,就把它放在一边,为的是以后再单独仔细观赏。不过有一件连衣裙,配着大袖子和宽大没皱褶的裙子,像一口钟似的,却引起她的兴趣,她认真地、聚精会神地看了它一分钟。

"这个样子不坏。"她说。

"是的,这件连衣裙跟你非常配得上,"我说,"非常配得上!"

我满腔温情地瞧着那件连衣裙,欣赏那些灰色的花点,只因为她喜欢它。我接着温柔地说:

"多么美妙漂亮的连衣裙!美丽的、光辉夺目的玛霞!我亲爱的玛霞呀!"

眼泪滴到插图上了。

"光辉夺目的玛霞……"我喃喃地说,"可爱的、珍贵的玛霞……"

她去睡觉了,我却仍旧坐在那儿,看了一个钟头的画报。

"你不该卸下窗子来,"她在寝室里说,"恐怕这样会冷了。瞧,多大的风吹进来了!"

我把《杂俎栏》读了几段,那里面讲到怎样制造廉价的墨水,讲到全世界最大的钻石。我又翻到她喜欢的那件时新连衣裙的插图,我就想象她在舞会上摇着扇子,裸露着肩膀,周身华丽,闪闪发光,而且对音乐也好,绘画也好,文学也好,她无所不知,于是在我眼里,我所扮的角色显得多么渺小短暂啊!

我们的相逢,我们的结合,仅仅是一个插曲而已,像这样的插曲日后在这天赋优厚、性格活跃的女人的一生中是不会很少的。就跟我已经说过的那样,世界上最好的东西都是供她享用的,她完全不必破费什么就可以拿到手,就连思想和当代的思想运动也为她效劳,成为一种娱乐,给她的生活添上一些花样,我呢,只不过是个马车夫,把她从这项消遣转送到那项消遣上去罢了。可是现在她不需要我,她要高飞了。那就剩下我孤单单一个人了。

仿佛回答我的思想似的,院子里传来绝望的叫声:

"救——命——啊!"

这是女人的尖细声音。好像要模仿它似的,风也在烟囱里发出尖细的呼啸声。过了半分钟,在风声中

又传来那绝叫声,不过这一回好像从院子的另一头传来:

"救——命——啊!"

"米萨伊尔,你听见了吗?"妻子轻声问道,"你听见了吗?"

她从寝室里出来,向我这边走,身上只穿着衬衣,头发披散着。她瞧着黑暗的窗子,听着。

"有人正在勒死什么人!"她说,"竟有这样糟糕的事。"

我拿着枪走出去。外面很黑,刮着大风,弄得人站都站不住。我走到大门口,听一听:树木飒飒地响,风呼啸着,花园里那个呆子农民的狗大概在懒洋洋地吠叫。大门外漆黑,一点灯光也没有。在去年做办公室用的那个厢房左近,忽然传来低抑的喊声:

"救——命——啊!"

"是谁?"我叫了一声。

有两个人在打架。这一个在推那一个,那一个不肯动,他们俩呼哧呼哧地喘气。

"放开我!"那一个说,我听出这是伊万·切普拉科夫的声音,用女人的尖细声音喊叫的就是他,"放开我,该死的,要不然我就咬你的手!"

我认出另外一个是莫伊谢伊。我把他们拆开,同时我忍不住打了莫伊谢伊两个耳光。他倒下去,随后站起来,我就又打了他一下。

"他要害死我,"他嘟嘟哝哝说,"他偷偷去开他妈的柜子……为了安全起见,我要把他关在厢房里……"

切普拉科夫喝醉了,没有认出我来,不住地粗声喘气,仿佛要吸足气再喊救命似的。

我丢下他们,回到房里去。妻子躺在床上,她已经穿好衣服。我把外面出的事讲给她听,就连我打了莫伊谢伊也没有瞒她。

"住在乡下真是可怕,"她说,"夜晚是多么长啊,我的天。"

"救——命——啊!"过了一会儿又传来喊叫声。

"我去叫他们别吵。"我说。

"不,随他们去咬断彼此的喉咙吧。"她带着厌恶的神情说。

她瞧着天花板,听着,我坐在她身旁,不敢跟她说话,心里觉着外面喊"救命"和夜晚那么长好像都该怪我不好似的。

我们沉默不语,我着急地等着窗外现出曙光。玛霞的神态始终像是大梦初醒,如今正在暗自惊奇她这样一个聪明而受过教育的女人,她这样一个整齐干净的女人,怎么会跑到这内地的、破烂的荒漠里来,怎么会跑到这群渺小无聊的人们当中来,怎么会完全忘了自己,甚至迷上这群人当中的一个,做了他半年多的妻子。我觉着,依她看来,不管是我也好,莫伊谢伊也好,切普拉科夫也好,都是一个样子。对她来说,无论是我,是我们的婚姻,是我们的农活,是秋天的泥泞,都化成了那醉醺醺的、粗野的"救命"声。每逢她叹口气,或者动一动以便躺得舒服点,我就在她脸上看出这样的表情:"啊,快点天亮才好!"

天亮以后她就走了。

我为了等她而在杜别奇尼亚多住了三天,然后就把我们的东西收拾起来,放在一个房间里,锁上,进城去了。等到我在工程师家拉门铃,那已经是黄昏时候,我们大贵族街上的街灯亮起来了。巴威尔对我说家里没人:维克托尔·伊万内奇到彼得堡去了,玛丽亚·维克托罗芙娜大概在阿若京家里排戏。我至今还记得,后来我多么兴奋地往阿若京家走去,我的心怎样跳动和缩紧,我走上楼梯,在楼梯口上站很久,不敢走进那座艺术之宫!大厅里的一个小桌子上,钢琴上,舞台上点着蜡烛,都是一排三支,第一次公演规定在十三日,第一次排演定在今天,星期一,不吉利的日子。这是对迷信的斗争!所有戏剧艺术爱好者已经聚齐,那些老年的、中年的、年轻的人在舞台上走来走去,拿着台词本念台词。萝卜离开大家,独自站在旁边,一动也不动,额角靠在墙上,用崇拜的眼光瞧着舞台,静等排演开始。一切都跟从前一样!

我向女主人那边走过去,我总得问候一声才对。可是忽然大家对我发出嘘声,摇手,要我别踩响地板。四下里一片寂静。钢琴盖掀开来,有一位太太挨着钢琴坐下,对乐谱眯起近视的眼睛,我的玛霞就向钢琴那儿走过去,衣服艳丽,模样俊美,然而美得有点特别,有点新奇,完全不像春天到磨坊里来找我的那个玛霞。她唱起来:

为什么我爱你啊,明亮的夜晚?①

自从我们认识以来,这还是我头一回听见她唱歌。她的嗓音优美,响亮,有力。她唱歌的时候,我觉得我好像在吃一个又熟又香的甜香瓜。后来她唱完了,大家对她鼓掌,她很满意地微笑,眨眼,翻看乐谱,整理身

---

① 摘自俄国诗人波隆斯基的诗《夜》,这首诗由柴可夫斯基编成歌曲。

上的连衣裙,好比一只鸟终于冲出鸟笼,在自由中拍着自己的翅膀。她的头发梳到耳朵上,脸上现出一种不好看的逞强神情,倒好像她要向我们大家挑战,或者把我们当马那样吆喝一声:"喂,我的小乖乖!"

这当儿她多半很像她那赶车的爷爷。

"你在这儿吗?"她问,对我伸出手来,"你听见我唱歌了吗?那么,你觉着我唱得怎么样?"她没有等到我回答就接着说,"很凑巧,你在这儿。今天夜里我要到彼得堡去,不会去很久。你让我去吗?"

半夜里我送她上火车站去。她温柔地拥抱我,大概是因为感激我没有提出什么多余的问题。她答应给我写信来。我把她的手握了很久,吻了很久,费力地忍住眼泪,没有对她说任何话。

她走了,我站在那儿瞧着越去越远的灯火,在想象里爱抚着她,小声说:

"我亲爱的玛霞,光辉夺目的玛霞呀……"

这天夜里我到玛卡利哈去,在卡尔波芙娜那儿过夜。到早晨我就跟萝卜一块儿到一个富裕的商人家里去给他的家具包上面子,这个商人正要把女儿嫁给一个医师。

十七

有一个星期日,吃过午饭以后,姐姐到我这儿来,跟我一块儿喝茶。

"现在我看很多的书,"她说着,把书拿给我看,这是她来找我的时候从市图书馆里借来的,"谢谢你的妻子和弗拉基米尔,他们唤起了我的自觉。他们救了我,使我现在感觉到我自己是个人了。以前夜里我常常为各种操心的事睡不着觉:'哎呀,这个星期我们吃掉了那么多糖啊!哎呀,腌黄瓜可别太咸呀!'现在我也睡不着觉,可是我的思想已经换了一种。我难过,因为我这么愚蠢而胆怯地活了半辈子。我看不起自己的过去,为它害臊,现在我把父亲看做敌人一样了。啊,我多么感激你的妻子！还有弗拉基米尔！他真是个出色的人！他们打开了我的眼睛。"

"你夜里睡不着觉可不好。"我说。

"你以为我病了吗？我一点病也没有。弗拉基米尔给我听过，说我完全健康。不过关键不在于健康，健康不健康并不那么重要……你告诉我，我说得对吗？"

她需要精神上的支持，这是很明显的。玛霞走了，弗拉基米尔在彼得堡，城里除我以外再也找不到第二个人能够告诉她说她对了。她定睛瞧着我的脸，极力要看出我心底里的想法。要是我在她面前沉思不语，她就会把这看做是因为她的缘故，就会伤心。我随时得当心。每逢她问我她对不对，我总是连忙回答她，说她对，我深深地尊敬她。

"你知道吗？我在阿若京家里演剧了，"她接着说，"我想上舞台。我想生活，一句话，我想喝干满满的这杯酒。我什么才能也没有，我的全部台词不出十行，不过这还是比一天倒五次茶，注意厨娘别多吃一块面包高明不知多少倍,高尚不知多少倍。主要的是让父亲终于看出来我也能反抗。"

喝过茶,她就在我床上躺下来,闭上眼睛歇一会儿,脸色很苍白。

"多么软弱啊!"她坐起来说,"弗拉基米尔说,城里所有的女人和姑娘都因为不工作而贫血。弗拉基米尔是个多么聪明的人!他说得对,对极了。应当工作!"

过了两天她就到阿若京家里去,带着台词本排演。她穿一件黑色连衣裙,脖子上挂一串珊瑚珠,佩着一支远远看去像是一块夹馅小点心似的胸针,耳朵上戴着大耳环,由于嵌着钻石而发亮。我看着她,觉得别扭,我暗暗惊奇她这样不会打扮。别人也注意到她不恰当地戴着钻石耳环,装束得古怪。我在他们脸上看见了微笑,听见有人笑着说:

"这是那个埃及的克丽奥佩特拉。"

她极力做出善于交际,随随便便,心境坦然的样子,因此显得做作、古怪。她不再朴素可爱了。

"刚才我对父亲声明说我来排演,"她走到我跟前说,"他嚷着说他要不认我这个女儿,甚至差点打我一顿。你猜怎么着,我还没背熟台词,"她看一眼台词本说,"我准定会演得一塌糊涂。那么,该怎样就怎样吧,"她十分激动地说,"该怎样就怎样吧……"

她觉得大家好像都在看她,大家都惊奇她决意迈出这重大的一步,大家都期待她做出点不同寻常的事似的。谁也没法让她相信像我和她这样没有趣味的小人物是任何人也不来注意的。

第三幕以前她没有戏。她演一个客人,一个内地的饶舌的女人。她的戏只有一点点:她得在门外站上一阵,装出偷听的样子,然后说一段简短的独白。这时候离她出场至少还有一个半钟头。别人正在舞台上走来走去,念台词,喝茶,吵嘴,她却一步也不离开我,随时嘟嘟哝哝念她的台词,烦躁地揉她的台词本。她想象大家都在看她,等她出场,就用发抖的手理她的头

发,对我说:

"我一定会演得一塌糊涂……我的心多么沉重啊,要是你知道就好了!我心里那么害怕,好像马上就要有人来拉着我去处死刑似的。"

终于要轮到她上场了。

"克丽奥佩特拉·阿列克谢耶芙娜,该您了!"导演说。

她走到舞台中央,脸上带着害怕的神情,样子难看,笨手笨脚,呆站了半分钟,仿佛吓呆了,一动也不动,只有她耳朵上的大耳环在摆动。

"头一回排演可以看台词本。"有人说。

我看得清楚她在发抖,她抖得说不出话来,没法翻台词本,她根本顾不上她的角色了。我刚要走到她那儿去,跟她说一句话,忽然她在舞台中央跪下来,嚎啕大哭。

大家活动起来,四下里一片喧哗,只有我一个人站在那儿,身子靠着侧面的布景,给眼前发生的事吓呆,不明白也不知道该怎么办才好。我看着别人把她扶起来,搀出去。我看见阿纽达·布拉戈沃向我走过来,以前我在大厅里没有看见她,如今她像是从地底下钻出来的一样。她戴着帽子,罩着面纱,照例做出她到这儿来只待一会儿,马上就要走的样子。

"我跟她说过,叫她不要演戏,"她生气地说,不连贯地吐出一个个字来,涨红了脸,"这是——胡闹!您本来应该拦住她才对!"

阿若京家的母亲长得干瘪精瘦,穿着短衣袖的短上衣,胸脯上面沾着烟灰,很快地走过来。

"我的朋友,这真可怕,"她说,绞着手,照例盯紧我的脸,"这真可怕!您姐姐怀孕了……她怀孕了!求求您,把她带走吧……"

她激动得直喘气。她的三个女儿站在一旁,跟她一样长得干瘪精瘦,惊慌地互相挨紧。她们忐忑不安,吓呆了,倒好像她们家里刚刚捉住一个女苦役犯似的。多么丢脸,多么可怕呀!要知道,这个可敬的家庭终生终世在跟迷信做斗争呢。显然,她们认为人类所有的迷信和偏见只不过是三支蜡烛,每月十三日,不吉利的日子——星期一罢了!

"求求您……求……"阿若京娜太太反复地说,她说到"求"的时候把嘴做成心的样子,念成"秋"的声音,"求求您,把她带回家去吧。"

十八

过了一会儿,我和姐姐顺着楼梯走下去。我用我大衣的前襟包住姐姐的身子,我们匆匆忙忙走着,专挑没有路灯的小巷,躲开行人,这就像是在逃跑。她不再哭了,用干巴巴的眼睛瞧着我。我要把她带到玛卡利哈去,这段路只要走二十分钟光景。说来奇怪,在这段短短的时间里,我们竟回想了我们的全部生活,我们谈到了一切,考虑了我们的处境,思索……

我们决定我们再也不能在这个城里住下去,等我挣到一点钱,我们就搬到别的一个什么地方去。有些房子里的人已经睡着了,有些房子里的人正在玩纸牌。我们痛恨这些房子里的人,怕他们,谈到他们那种由偏执而来的残暴、他们的心灵的粗鲁、这些可敬的家庭的微不足道、这些被我们吓坏的戏剧艺术爱好者。我禁不住要问:这些愚蠢、残忍、懒惰、狡猾的人究竟在哪方面比库里洛夫卡那些酗酒和迷信的农民高明呢,或者,这些人究竟在哪方面比野兽高明呢,因为只要有什么偶然的事件侵犯了野兽那种受本能限制的生活的单调气氛,也会把那些野兽弄得张皇失措的。如果现在姐姐只好回到家里去住,那她会有些什么样的遭际呢?她要跟父亲谈话,她每天遇见熟人,那她会经历到什么样的精神上的痛苦呢?我暗自揣摩这种情形,不由得想起了那些人,想起了所有那些熟人,他们总是把自己亲近的人从这个世界上慢慢排挤出去。我还想起那些受尽虐待、发了疯的狗,想起那些被小孩拔光了毛、丢进水里的活麻雀,想起我在这个城里从小就不断观察到的那许许多多愚蠢的、缓慢的痛苦。我不明白这六万居民到底为什么活着,为什么读《福音书》,为什么祷告,为什么读书籍和杂志。既然他们精神上一片黑暗,对自由心存厌恶,就跟一百年前,三百年前一样,那么古往今来人们所写和所说的一切东西能够给他们带来什么益处呢?木工包工头一辈子在城里造房子,可是一直到死都把"游廊"说成"牛廊",同样这六万居民祖祖辈辈读真理,听真理,读仁爱和自由,听仁爱和自由,却一直到死还是从早到晚撒谎,互相折磨,害怕自由,痛恨自由跟痛恨敌人一样。

"那么,我的命运已经决定了,"我们走到家后姐姐说,"出了这些事以后,我再也不能回到那边去了。天啊,这多么好呀!我心里轻松了。"

她立刻在床上躺下来。她睫毛上闪着泪光,然而她的神情幸福,她睡得又香又甜,看得出她心里真也轻松,她休息了。她好久好久没有这样酣睡过了!

我们从此开始一块儿生活。她老是唱歌,说她很痛快。我总是把我们从图书馆里借来的书原封不动地送回去,因为她已经读不下去,她只愿意幻想未来,谈论未来。她给我补内衣,或者帮卡尔波芙娜烧饭的时候,一会儿唱歌,一会儿讲她的弗拉基米尔,讲他的聪明,他的文雅和善良,讲他的不平常的学问。我虽然不再喜欢她那个医师,却也同意她的话。她想工作,想独立谋生,她说等到她的健康许可她工作,她马上就去做教师或者助理医士,亲自擦地板,洗衣服。她已经热烈地爱上自己的孩子,他还没有出世,可是她已经知道他的眼睛是什么样儿,他的手是什么样儿,他笑起来是什么样儿。她喜欢谈孩子的教育,由于世界上最好的人是弗拉基米尔,她关于教育的全部主张就归结到一点:孩子应该跟他父亲一样可爱。她的话永远说不完,她讲的一切话都在她心头勾起真正的快乐。有时候我也高兴起来,我自己也不知道为什么。

多半她把幻想的热情感染了我。我也什么书都不看,光是幻想。每到傍晚,尽管我已经很累,可是我仍旧把手插在衣袋里，从这个房角走到那个房角，讲起玛霞。

"你怎样想？"我问姐姐，"她什么时候回来？我觉得她会在圣诞节前回来，不会再迟。她在那边有什么事做呢？"

"既然她没有给你写信，她分明很快就会回来。"

"这话对。"我同意，其实我清楚地知道玛霞已经没有必要回到我们城里来了。

我非常想念她，我不再能够骗我自己，而极力要别人来骗我了。姐姐等她的医师，我等玛霞。我们俩不住地又说又笑，却没注意到我们在妨碍卡尔波芙娜睡觉，她躺在炉台上，不断地嘟哝说：

"茶炊一清早就呜呜地叫，呜呜地叫！唉，这可不是好兆头，可怜的人啊，这可不是好兆头。"

我们这儿谁也不来，只有邮递员来，他把医师的信带给姐姐，有时候普罗科菲傍晚也来看我们，他一句话也不说地看了看姐姐，就走了，在厨房里说：

"各行各业的人都得知道各行各业的章法,谁要是性子傲,不愿意明白这一点,谁就要过一过人世的愁苦生活了。"

他喜欢说这几个字:"人世的愁苦生活"。有一天,那已经是圣诞节节期了,我走过市场,他招呼我走进他的肉铺里去,他没有跟我握手,只是声明说,他有一件很要紧的事要跟我说。天冷,他又刚喝过酒,因此他满脸通红,他身旁柜台里面站着那个一脸凶相的尼科尔卡,手里拿着一把沾着血迹的刀。

"我想跟您说一说我心里的话,"普罗科菲开口了,"这种事不能再拖下去了,因为您自己明白,人家不会为这种人世的愁苦生活而夸奖我们或者你们的。妈妈心肠软,当然不肯说惹您不高兴的话,要您姐姐明白自己的情形,搬到别处去住。我却不愿意再这样下去了,因为我不赞成她的行为。"

我明白他的意思,走出了肉铺。当天我就跟姐姐一块儿搬到萝卜那儿去了。我们没有钱雇马车,我们就走着去,我把我们的东西打成包袱,背在背上,姐姐手里没拿东西,可是她喘气,咳嗽,老是问我是不是快要走到了。

十九

最后,玛霞的信来了。

"亲爱的、好心的米·阿,"她写道,"善良温柔的我们的天使(那个老油漆工人就是这样称呼您的),请您原谅,我就要跟父亲到美国去参观展览会了。过几天我就要看见海洋,离杜别奇尼亚那么遥远,想着都可怕!它遥远,辽阔,跟天空一样,我很想上那儿去自由一下,我得意,我发狂,您看,我的信写得多么不连贯啊。亲爱的,善良的,给我自由吧,赶快把那根至今还完好地连结着您和我的线扯断吧。讲到当初我遇见您,认识您,那就像是一道从天上射下来的光,照亮了我的生活;可是后来我做您的妻子,那却错了,这一点您是明白的,犯错误的感觉至今压在我的心头,我跪下来求您,我的慷慨的朋友,在我动身去做海上旅行以前,赶快,赶快打个电报给我,说您同意纠正我们的共同错误,搬掉我翅膀上唯一的这块石头,我父亲承担这一切麻烦,答应我说不会用过多的手续来麻烦您。那么现在我自由了,可以向四面八方飞去了吧?对吗?

"祝您幸福,求主保佑您,请您原谅我这个有罪的人。

"我活着,我健康。我挥霍金钱,做了许多蠢事,每一分钟都在感激上帝,幸好像我这样的坏女人没有生孩子。我在演唱,而且获得了成功,不过这不是我入迷了,不,这是我的避风港,我的修道室,我现在从中得到了休息。大卫王有一个戒指,上面刻着几个字:'一切都会过去'。人难过的时候,看看这几个字就会高兴起来,不过人高兴的时候看了它们又会难过起来。我给自己定做了一个这样的戒指,刻着这几个埃及字,这个护身符使我免得入迷。一切都会过去,就连生活也会过去,这就是说:什么也不需要。或者只需要自由感,因为人在自由的时候就什么也不需要,什么也不需要,什么也不需要了。扯断那根线吧。紧紧拥抱您和您的姐姐。请您原谅而且忘掉您的玛。"

姐姐躺在一个房间里,萝卜躺在另一个房间里,他又生过一场病,现在正在复元。我接到这封信的时候,姐姐正巧悄悄地走到油漆工人那儿去,在他身旁坐下,开始念书。她每天给他念奥斯特洛夫斯基或者果戈理的作品,他听她念,眼睛瞧着一个地方,并不发笑,摇着头,有时候暗自嘟哝说:

"什么事都会有!什么事都会有!"

如果剧本里描写到什么丑恶的、不成体统的事,他就用手指头戳一下那本书,仿佛幸灾乐祸地说:

"就是它,虚伪!毛病就出在它身上,虚伪!"

剧本的内容、含义、复杂而艺术的结构,都吸引他。他赞叹他的本领,却永远也不提他的姓名:

"他怎么会有那么大的本事,把这些东西配搭得那么合适!"

现在姐姐只轻声念了一页,就念不下去了:嗓子里出不来声音了。萝卜拿起她的手,努动发干的嘴唇,用沙哑的声音很低很低地说:

"正派人的灵魂又白又光滑,跟白垩粉一样,有罪的人的灵魂却好比浮石。正派人的灵魂是清亮的干油,有罪的人的灵魂是煤焦油。人应当干活,应当伤心,应当有病,"他接着说,"凡是不干活,不伤心的人,就上不了天堂。那些脑满肠肥的要倒霉,那些强横霸道的要倒霉,那些富足的要倒霉,那些放债的要倒霉!他们看不到天堂。蚜虫吃青草,锈吃铁……"

"而且虚伪吃灵魂。"姐姐接着说,笑起来。

我把信又看一遍。这时候厨房里走进来一个兵,不知是由谁派来的,每个星期来两次,给我们送来茶叶、法式白面包、松鸡,那些东西有香水气味。我没有活儿做,只好一连好几天待在家里,大概那个给我们送面包的人知道我们穷。

我听见姐姐跟那个兵讲话,快活地笑着。随后她躺下来,吃着面包,对我说:

"当初你辞掉工作,做油漆工人的时候,我和安纽达·布拉戈沃从一开头就知道你做得对,可是我们不敢说出口来。你说,究竟是什么力量在妨碍我们把我们所想的据实说出来?就拿安纽达·布拉戈沃来说吧。她爱你,崇拜你,她知道你做得对,她跟姐妹一样地爱我,知道我做得对,恐怕心里还羡慕我,可是不知一种什么力量在妨碍她来找我们,她躲着我们,怕我们。"

姐姐把手放在胸前,热情地说:

"她多么爱你啊,要是你知道就好了!这种爱情她只对我一个人说过,而且是悄悄的,在黑地里。她把我带到花园里幽暗的林荫道上,小声对我说,她把你看得多么宝贵。你看,她始终没有出嫁,就因为她爱你啊。你为她歉然吗?"

"是的。"

"面包是她送来的。不错,这是可笑的,何必瞒着呢?从前我也可笑,愚蠢,现在我已经摆脱这些,已经谁也不怕,愿意想什么就想什么,愿意说什么就大声说出来,我变得幸福了。当初我住在家里的时候,根本就不知道什么叫做幸福,现在就是要我做皇后我也不干了。"

布拉戈沃医师来了。他得了博士学位,如今住在我们城里,在他父亲家里休假,说是很快就又要到彼得堡去了。他打算研究抗伤寒的疫苗以及大概是抗霍乱的疫苗,他打算出国深造,然后回来做教授。他已经辞去军职,穿着宽松的啥味呢上衣和很肥的裤子,打着漂亮的领带。姐姐欢欢喜喜地欣赏他的领带上的佩针、袖扣、大概为了漂亮才插在上衣胸前衣袋里的红绸手绢。有一回我们闲着没事,我和姐姐就按照记忆算一算他有多少套衣服,结果断定他至少有十套上下。他分明仍旧爱我的姐姐,可是他甚至在开玩笑的时候也没有说过一次他要带着她到彼得堡或者国外去,我简直想不出来要是她活下去,她会怎么样,她的孩子会怎么样。她光是无休无止地幻想,不认真地考虑未来,她说随他爱上哪儿去就上哪儿去吧,就是丢掉她也没关系,只要他自己幸福就好,至于她,有过以往那段生活也就满足了。

他来看我们的时候,照例很专心给她听诊,要求她当着他的面把药水连同牛奶一齐喝下去。这一回也是这样。他为她听诊,逼她喝下一杯牛奶,这以后我们的房间里就弥漫着一股杂酚油的气味。

"这才是乖孩子!"他说,从她手里接过杯子来,"你不可以说很多的话,近来你却像喜鹊那样喊喊喳喳。请你别说话了。"

她笑起来。随后他走进萝卜的房间,我正好坐在那儿,他亲热地拍了拍我的肩膀。

"哦,你怎么样,老头子?"他弯下腰去凑近那个病人,问道。

"老爷……"萝卜轻轻努动嘴唇说,"老爷,我要冒昧奉告……我们都在上帝手下活着,大家都得死……我说一句老实话……老爷,您不会进天国!"

"那有什么办法呢,"医师开玩笑地说,"地狱里也总得有人去啊。"

忽然我的知觉出了点毛病,我好像在做梦,梦见去年冬天那天夜里我站在屠宰场的院子里,普罗科菲跟我并排站着,他身上冒出一股胡椒酒的气味。我使劲控制自己,揉我的眼睛,却立刻觉着好像在到省长那儿去听训似的。这类情形在这以前或者以后都没发生过,我把这种像是做梦的古怪回忆解释做由于我的神经过度疲劳。我重又到了屠宰场,重又在省长面前听训,同时我又模糊地感到实际上并没有这种事。

等到我醒过来,却看见我已经不是在家里,而是在街上,跟医师一块儿站在路灯旁边了。

"真叫人难过啊,真叫人难过啊,"他说,眼泪流下他的脸颊,"她高兴,经常发笑,抱着希望,可是她的情形没有希望了,我的好朋友。您那个萝卜恨我,一个劲儿要我明白我待她不好。他按他的想法是对的,不过我也有我自己的观点,我一点也不为过去发生过的事后悔。人应当爱,我们大家都应当爱,不是吗?缺了爱就没有生活;谁怕爱,躲开爱,谁就不自由。"

他渐渐转到别的话题上去,谈到科学,谈到自己的论文,那篇论文在彼得堡受到人们的喜爱。他谈得热烈,再也想不起我的姐姐,想不起他的难过,想不起我了。生活在吸引他。我暗想:那一个有美国,有刻着字的戒指,这一个有博士学位,有学者的前程,只有我和我姐姐还是老样子。

我跟他告别以后,就走到路灯那儿,把玛霞的信再看一遍。我想起,生动地想起今年春天有一天早晨,她怎样到磨坊里来看我,躺下来,用皮袄盖在身上,她想装得像一个普通的村妇。另外有一回,也是在一天早晨,我们正从水里捞捕鱼的篓子,河边的柳树忽然把一颗颗大水珠洒到我们身上,我们就笑起来……

大贵族街上我们的家里已经一片漆黑了。我爬过围墙,照从前的办法,从后门走到厨房里去取一盏灯。厨房里没有人。火炉旁边有一只茶炊嘘嘘地冒汽,在等我父亲。"现在,"我想,"谁给父亲倒茶呢?"我举着灯,走进那个小屋,在那儿用旧报纸好歹给自己铺了床,躺下来。墙上的橡钉照旧严厉地瞧着我,它们的影子闪闪摇摇。天很冷。我觉着好像姐姐一定马上就要走进来,给我送来晚饭,可是立刻想起她在害病,躺在萝卜家里,于是我觉着奇怪:我怎么会爬过围墙,躺在这冰凉的小屋里。我的神志乱起来了,我看见了种种荒唐的事。

门铃响了。这是我从小就熟悉的铃声:先是铁丝擦着墙沙沙地响一阵,然后厨房里响起短促悲凉的铃声。这是父亲从俱乐部里回来了。我站起来,向厨房走去。厨娘阿克西尼娅看见我,把两只手一拍,不知什么缘故哭起来。

"我的亲人!"她小声说,"亲爱的!啊,我的天!"

她由于兴奋而不住用两只手揉搓她的围裙。窗台上立着四个瓶子,里面盛着白酒,酒里泡着果子。我给自己斟了一茶杯,一口气喝完,因为我渴得很。阿克西尼娅刚刚擦过桌子和凳子,厨房里弥漫着一种气味,那种气味是干净的厨娘所掌管的明亮舒适的厨房里常有的。这种气味和蟋蟀的叫声,从前在童年时候,总是引诱我们这些孩子,到这儿,到厨房里来,让我们听神话,玩"老 K"……

"克丽奥佩特拉在哪儿?"阿克西尼娅小声问,匆匆忙忙,透不过气来,"你的帽子在哪儿,少爷?听说你太太到彼得堡去了?"

她远在我母亲生前就来做事,从前给我和克丽奥佩特拉在木盆里洗过澡,现在依她看来我们仍旧是孩子,必须开导才成。足足有一刻钟的工夫,她在我面前摊开她的种种想法,这是一个老仆人在我们没有见面的这段时期里,在厨房的宁静里,凭她的深谋远虑想出来,积累起来的。她说我们可以逼医师跟克丽奥佩特拉结婚,只要吓唬他一下就成,又说如果好好写一份呈文,主教就会解除他的第一次婚姻,还劝我最好瞒住我的妻子悄悄把杜别奇尼亚卖掉,把钱放在银行里存起来,写上我的名字。她还说如果我和姐姐在父亲面前跪下来,苦苦哀求一番,他也许会原谅我们,又说我们应当向圣母做一回祈祷……

"好,去吧,少爷,跟他去谈一谈吧,"她听见父亲的咳嗽声以后说,"去吧,去讲一讲,鞠个躬,您的脑袋不会掉下来的。"

我就去了。父亲坐在书桌那儿,正在画一个别墅的草图,那别墅有哥特式的窗子和近似消防队瞭望台的粗塔,这是一张非常死板而平庸的草图。我走进书房,在正好可以看见那张图纸的地方站住。我不知道为什么我来找父亲,可是我至今还记得我一看见他的瘦脸、他的红脖子、他那印在墙上的阴影,我就恨不得扑过去,搂住他的脖子,照阿克西尼娅所教的那样跪在他的面前。可是我一看见那座有哥特式窗子和粗塔的别墅,就止住了自己。

"您晚上好。"我说。

他看一看我,立刻低下眼睛去看那张草图。

"你有什么事?"过了一会儿,他问。

"我是来告诉您:姐姐病得很重。她快要死了。"我闷闷地加了一句。

"是啊,"父亲叹道,摘下眼镜,把它放在桌子上,"你种什么就收什么。你种什么,"他又说一遍,离开书桌站起来,"就收什么。我请你回想一下:两年前你来见我,就在这个地方我请求过你,要你离开你的迷途,我对你提起义务和荣誉,提起你对祖先所负的责任,我们必须神圣地保持祖先的传统。那时候你听了我的话没有呢?你忽视我的忠告,固执地继续坚持自己的错误观点。这还不够,你又把你姐姐引到你的迷途上去,促使她失去道德和廉耻。现在你们两个人都倒霉了。是啊,你种什么就收什么!"

他一边说,一边在书房里走来走去。大概他以为我是来请罪的,大概他在等我为我自己和我姐姐讨饶。我觉得身上发凉,我打抖,好像害了热病似的,我用嘶哑的声音费力地说话。

"我也请您回想一下,"我说,"就在这个地方我也请求过您,要您了解我,要您细细想一想,一块儿来解决这个问题:我们应当怎样生活,为了什么而生活,您在回答的时候却谈祖先,谈那位写诗的祖父。刚才我对您说您的独生女已经没有希望了,您又谈祖先,谈传统……您这么大的年纪,跟死已经不是隔着万重山,在世上只能再活五年或者十年了,却还是这样的轻率!"

"你到这儿来干什么?"父亲厉声问道,听我责备他轻率,显然感到受了委屈。

"我不知道。我爱您,我非常痛心:我们彼此离得这么远。所以我来了。我还爱您,可是姐姐已经跟您彻底决裂了。她不能原谅您,永远也不会原谅您。一提起您的名字,就会勾起她对过去,对生活的憎恶。"

"这是谁的错呢?"父亲叫道,"这是你的错,混蛋!"

"好,就算是我的错吧,"我说,"我承认我在许多方面有错,然而,为什么您的生活,您认为我们也必须照这样过的生活,是这样的乏味,这样的平庸呢?为什么您三十年来所盖的这些房子里,没有一个人能教导我们应该怎样生活才不会犯过错呢?全城一个正直的人也没有!在您这些房子、这些该死的小窝里,人们把自己的母亲和女儿从世界上排挤出去,折磨子女……我那可怜的母亲啊!"我绝望地接着说,"可怜的姐姐啊!人必须用白酒,用纸牌,用诽谤来麻醉自己,必须做下流事,假仁假义,或者在几十年里不住地画,画,才能不发现所有暗藏在那些房子里的恐怖。我们这座城已经存在了几百年,在这几百年里它没有为祖国献出一个有益的人,一个也没有!凡是稍稍带点生气的、稍稍发出点亮光的东西在萌芽时期就统统被你们扼杀了!这座城只培养小店主、酒馆老板、办事员、教士,这是一座不必要的、没益处的城,即使它忽然陷进地底下去也不会有一个人可惜它。"

"我不要听你的话,混蛋!"父亲说,从桌子上拿起一把尺子来,"你喝醉了!你醉成这样居然敢来见你的父亲!我最后一次告诉你,而且也把这话转告你那不顾道德的姐姐:你们休想在我这儿得到任何什么东西。我已经把不听话的孩子从我的心里抹掉了,如果他们由于不听话,由于顽固而受苦,我并不怜惜他们。你可以回到你来的那个地方去!无论上帝怎样用你们来惩罚我,我也温顺地忍受这种考验,我像约伯①一样会在痛苦和持久的工作中找到安慰。在你没有改邪归正以前不准你跨过我的门坎。我是公正的,所有现在我说的话都是有益于你的,如果你希望自己好,你就该终生终世记住我以前对你说的和现在说的这些话。"

我挥了挥手,走出去。我不记得后来那天夜里和第二天我是怎样度过的了。

---

① 见《旧约·约伯记》。

据说我在街上走来走去,没戴帽子,摇摇晃晃,大声唱歌,顽皮的男孩成群结伙跟在我的背后,大声喊叫:

"小利钱!小利钱!"

二十

要是我有心给自己定做一个戒指,我就会选这样一句话来刻在我的戒指上:"任何事情都不会过去"。我相信任何事情都不会不留痕迹就过去,对现在的和将来的生活来说我们所走的最小的一步路都是有意义的。

我所经历的一切并没有白白地过去。我的巨大的不幸和我的耐性感动了市民们的心,现在他们不再叫我小利钱,不再嘲笑我,每当我走过市场,也不再往我身上泼水了。关于我做工人这件事,他们已经看惯,虽然我这个贵族提着油漆桶,安装玻璃,他们也觉得没什么可奇怪的了。他们反而乐意给我活儿干,我已经被人看做高明的手艺人和继萝卜之后的最好的包工头了。萝卜虽然病后复元,虽然仍旧不搭脚手架就能够油漆钟楼的圆顶,可是已经没有力量再管工人的事。现在我就代替他在城里跑来跑去找活儿干。我雇来工人,付清工资,再解雇他们。我也借高利的债。现在我做了包工头,才明白为什么为了一个小钱的活往往会在全城跑三天以便找到铺房顶的工人。大家对我很客气,对我称呼"您"了。在我做工的房子里,房主人请我喝茶,打发人来问我要不要就在这儿吃饭。孩子们和姑娘们常常走过来,带着好奇和忧虑的神情瞧着我。

有一天我在省长的花园里做工,把那儿的一座凉亭漆成像是用大理石造出来的。省长出来散步,信步走进凉亭,由于闲着没事,就跟我攀谈起来。我提醒他说,从前有一天他怎样请我到他那儿去听训。他呆呆地看了一会儿我的脸,然后把嘴努成字母"O"的样子,两手一摊,说:

苦恼集

"我记不得了!"

我老了,变得不爱说话,严肃起来,甚至严厉起来,不大发笑。据说我变得像萝卜了,而且跟他那样常常说些无益的训诫,弄得工人们听着乏味。

我原先的妻子玛丽亚·维克托罗芙娜如今在国外生活。她父亲,那个工程师,在东部省份一个什么地方修铁路,在那儿买产业。布拉戈沃医师也在国外。杜别奇尼亚又转到切普拉科娃太太手里,她从工程师那儿打了八折把它买回来了。莫伊谢伊已经戴上圆顶礼帽。他常常坐着轻快的马车进城办事,在银行旁边停下来。据说他自己也买下一份被抵押过的田产,经常在银行里打听关于杜别奇尼亚的情形,那份田产他也打算买下来。可怜的伊万·切普拉科夫在城里漂泊很久,不做事,喝得醉醺醺的。我本来打算要他来做我们的活儿,有一个时期他跟我们一块儿油漆房顶,安装玻璃,甚至干得很有味,跟真正的油漆工人那样偷干油,要赏钱,酗酒了,可是这工作很快就使他厌倦,他想家,回到杜别奇尼亚去了,后来工人们告诉我说,他曾经挑唆他们挑一天夜里跟他一块儿去害死莫伊谢伊,抢劫将军夫人的财产。

父亲老多了,背驼了,每到傍晚就在自己家门附近散步。我没有到他那儿去过。

普罗科菲在霍乱流行时期用胡椒酒和焦油给小店主治病赚钱。我在报纸上看到,他坐在自己的肉铺里,把医师恶意批评一番,被官府用树条抽打了一顿。他的店员尼科尔卡害霍乱死了。卡尔波芙娜还活着,仍旧爱她的普罗科菲,怕他。她每次看见我,总要悲伤地摇头,叹口气说:

"你这个孩子算是完了!"

在工作日,我总是一天到晚地忙。到了假日,遇上好天气,我就抱着我那很小的外甥女(姐姐原来料着是男孩,可是生下来一个女孩),不慌不忙地走到墓园去。到了那儿我站着或者坐着,久久地看着那个我所珍爱的坟墓,告诉小女孩说那里面躺着她的妈妈。

有时候我在墓地上碰见安纽达·布拉戈沃。我们打个招呼,默默地站在那儿,或者谈起克丽奥佩特拉,谈起她的女儿,谈起在这个世界上生活是多么可悲。后来我们走出墓园,沉默地走着。她放慢了脚步,这是故意的,为的是跟我并排多走一会儿。那个小女孩快活,幸福,因为阳光太亮而眯起眼睛,她笑着,对她伸出手去,我们就站住,逗这个可爱的小女孩玩一阵。

等到进了城,安纽达·布拉戈沃就心神不定,满脸通红,跟我告别,一个人继续走路了。她稳重而严峻……路上的行人看见她,再也想不到刚才她跟我并排走过路,甚至逗过小女孩。

苦　恼

我向谁去诉说我的悲伤?①……

暮色昏暗。大片的湿雪绕着刚点亮的街灯懒洋洋地飘飞,落在房顶、马背、肩膀、帽子上,积成又软又薄的一层。车夫约纳·波塔波夫周身雪白,像是一个幽灵。他在赶车座位上坐着,一动也不动,身子往前伛着,伛到了活人的身子所能伛到的最大限度。即使有

---

① 引自宗教诗《约瑟夫的哭泣和往事》。——俄文本编者注

一个大雪堆倒在他的身上,仿佛他也会觉得不必把身上的雪抖掉似的……他那匹小马也是一身白,也是一动都不动。它那呆呆不动的姿态、它那瘦骨嶙峋的身架、它那棍子般直挺挺的腿,使它活像那种花一个戈比就能买到的马形蜜糖饼干。它多半在想心思。不论是谁,只要被人从犁头上硬拉开,从熟悉的灰色景致里硬拉开,硬给丢到这儿来,丢到这个充满古怪的亮光、不停的喧嚣、熙攘的行人的漩涡当中来,那他就不会不想心事……

约纳和他的瘦马已经有很久停在那个地方没动了。他们还在午饭以前就从大车店里出来,至今还没拉到一趟生意。可是现在傍晚的暗影已经笼罩全城。街灯的黯淡的光已经变得明亮生动,街上也变得热闹起来了。

"赶车的,到维堡区①去!"约纳听见了喊声,"赶

---

① 地名,在彼得堡。

车的!"

约纳猛地哆嗦一下,从沾着雪花的睫毛里望出去,看见一个军人,穿一件带风帽的军大衣。

"到维堡区去!"军人又喊了一遍,"你睡着了还是怎么的?到维堡区去!"

为了表示同意,约纳就抖动一下缰绳,于是从马背上和他肩膀上就有大片的雪撒下来……那个军人坐上了雪橇。车夫吧嗒着嘴唇叫马往前走,然后像天鹅似的伸长了脖子,微微欠起身子,与其说是由于必要,不如说是出于习惯地挥动一下鞭子。那匹瘦马也伸长脖子,弯起它那像棍子一样的腿,迟疑地离开原地走动起来了……

"你往哪儿闯,鬼东西!"约纳立刻听见那一团团川流不息的黑影当中发出了喊叫声,"鬼把你支使到哪儿去啊?靠右走!"

"你连赶车都不会!靠右走!"军人生气地说。

一个赶轿式马车的车夫破口大骂。一个行人恶狠狠地瞪他一眼,抖掉自己衣袖上的雪,行人刚刚穿过马路,肩膀撞在那匹瘦马的脸上。约纳在赶车座位上局促不安,像是坐在针尖上似的,往两旁撑开胳膊肘,不住转动眼珠,就跟有鬼附了体一样,仿佛他不明白自己是在什么地方,也不知道为什么在那儿似的。

"这些家伙真是混蛋!"那个军人打趣地说,"他们简直是故意来撞你,或者故意要扑到马蹄底下去。他们这是互相串通好的。"

约纳回过头去瞧着乘客,努动他的嘴唇……他分明想要说话,然而从他的喉咙里却没有吐出一个字来,只发出咝咝的声音。

"什么?"军人问。

约纳撇着嘴苦笑一下,嗓子眼用一下劲,这才沙哑地说出口:

"老爷,那个,我的儿子……这个星期死了。"

"哦!……他是害什么病死的?"

约纳掉转整个身子朝着乘客说:

"谁知道呢!多半是得了热病吧……他在医院里躺了三天就死了……这是上帝的旨意哟。"

"你拐弯啊,魔鬼!"黑地里发出了喊叫声,"你瞎了眼还是怎么的,老狗!用眼睛瞧着!"

"赶你的车吧,赶你的车吧……"乘客说,"照这样走下去,明天也到不了。快点走!"

车夫就又伸长脖子,微微欠起身子,用一种稳重的优雅姿势挥动他的鞭子。后来他有好几次回过头去看他的乘客,可是乘客闭上眼睛,分明不愿意再听了。他把乘客拉到维堡区以后,就把雪橇赶到一家饭馆旁边停下来,坐在赶车座位上伛下腰,又不动了……湿雪又把他和他的瘦马涂得满身是白。一个钟头过去,又一个钟头过去了……

人行道上有三个年轻人路过,把套靴踩得很响,互相诟骂,其中两个人又高又瘦,第三个却矮而驼背。

"赶车的,到警察桥去!"那个驼子用破锣般的声音说,"一共三个人……二十戈比!"

约纳抖动缰绳,吧嗒嘴唇。二十戈比的价钱是不公道的,然而他顾不上讲价了……一个卢布也罢,五戈比也罢,如今在他都是一样,只要有乘客就行……那几个青年人就互相推搡着,嘴里骂声不绝,走到雪橇跟前,三个人一齐抢到座位上去。这就有一个问题需要解决:该哪两个坐着,哪一个站着呢?经过长久的吵骂、变卦、责难以后,他们总算做出了决定:应该让驼子站着,因为他最矮。

"好,走吧!"驼子站在那儿,用破锣般的嗓音说,对着约纳的后脑壳喷气,"快点跑!嘿,老兄,瞧瞧你的这顶帽子!全彼得堡也找不出比这更糟的了……"

"嘻嘻,……嘻嘻……"约纳笑着说,"凑合着戴吧……"

"喂,你少废话,赶车!莫非你要照这样走一路?是吗?要给你一个脖儿拐吗?……"

"我的脑袋痛得要炸开了……"一个高个子说,"昨天在杜克马索夫家里,我跟瓦西卡一块儿喝了四瓶白兰地。"

"我不明白,你何必胡说呢?"另一个高个子愤愤地说,"他胡说八道,就跟畜生似的。"

"要是我说了假话,就叫上帝惩罚我!我说的是实情……"

"要说这是实情,那么,虱子能咳嗽也是实情了。"

"嘻嘻!"约纳笑道,"这些老爷真快活!"

"呸,见你的鬼!……"驼子愤慨地说,"你到底赶不赶车,老不死的?难道就这样赶车?你抽它一鞭子!唷,魔鬼!唷!使劲抽它!"

约纳感到他背后驼子的扭动的身子和颤动的声音。他听见那些骂他的话,看到这几个人,孤单的感觉就逐渐从他的胸中消散了。驼子骂个不停,诌出一长串稀奇古怪的骂人话,直骂得透不过气来,连连咳嗽。那两个高个子讲起一个叫娜杰日达·彼得罗夫娜的女人。约纳不住地回过头去看他们。正好他们的谈话短暂地停顿一下,他就再次回过头去,嘟嘟哝哝说:

苦恼集

"我的……那个……我的儿子这个星期死了!"

"大家都要死的……"驼子咳了一阵,擦擦嘴唇,叹口气说,"得了,你赶车吧,你赶车吧!诸位先生,照这样的走法我再也受不住了!他什么时候才会把我们拉到呢?"

"那你就稍微鼓励他一下……给他一个脖儿拐!"

"老不死的,你听见没有?真的,我要揍你的脖子了!……跟你们这班人讲客气,那还不如索性走路的好!……你听见没有,老龙①?莫非你根本就不把我们的话放在心上?"

约纳与其说是感到,不如说是听到他的后脑勺上啪的一响。

"嘻嘻……"他笑道,"这些快活的老爷……愿上帝保佑你们!"

"赶车的,你有老婆吗?"高个子问。

---

① 原文是"高雷内奇龙",俄国神话中的一条怪龙。在此用做骂人的话。

"我？嘻嘻……这些快活的老爷！我的老婆现在成了烂泥地啰……哈哈哈！……在坟墓里！……现在我的儿子也死了,可我还活着……这真是怪事,死神认错门了……它原本应该来找我,却去找了我的儿子……"

约纳回转身,想讲一讲他儿子是怎样死的,可是这时候驼子轻松地呼出一口气,声明说,谢天谢地,他们终于到了。约纳收下二十戈比以后,久久地看着那几个游荡的人的背影,后来他们走进一个黑暗的大门口,不见了。他又孤身一人,寂寞又向他侵袭过来……他的苦恼刚淡忘了不久,如今重又出现,更有力地撕扯他的胸膛。约纳的眼睛不安而痛苦地打量街道两旁川流不息的人群:在这成千上万的人当中有没有一个人愿意听他倾诉衷曲呢?然而人群奔走不停,谁都没有注意到他,更没有注意到他的苦恼……那种苦恼是广大无垠的。如果约纳的胸膛裂开,那种苦恼滚滚地涌出来,那它仿佛就会淹没全世界,可是话虽如此,它却是人们看不见的。这种苦恼竟包藏在这么一个渺小的躯壳里,就连白天打着火把也看不见……

约纳瞧见一个扫院子的仆人拿着一个小蒲包,就决定跟他攀谈一下。

"老哥,现在几点钟了?"他问。

"九点多钟……你停在这儿干什么?把你的雪橇赶开!"

约纳把雪橇赶到几步以外去,伛下腰,听凭苦恼来折磨他……他觉得向别人诉说也没有用了……可是五分钟还没过完,他就挺直身子,摇着头,仿佛感到一阵剧烈的疼痛似的;他拉了拉缰绳……他受不住了。

"回大车店去,"他想,"回大车店去!"

那匹瘦马仿佛领会了他的想法,就小跑起来。大约过了一个半钟头,约纳已经在一个肮脏的大火炉旁边坐着了。炉台上,地板上,长凳上,人们鼾声四起。空气又臭又闷。约纳瞧着那些睡熟的人,搔了搔自己的身子,后悔不该这么早就回来……

"连买燕麦①的钱都还没挣到呢,"他想,"这就是我会这么苦恼的缘故了。一个人要是会料理自己的事……让自己吃得饱饱的,自己的马也吃得饱饱的,那他就会永远心平气和……"

墙角上有一个年轻的车夫站起来,带着睡意嗽一嗽喉咙,往水桶那边走去。

"你是想喝水吧?"约纳问。

"是啊,想喝水!"

"那就痛痛快快地喝吧……我呢,老弟,我的儿子死了……你听说了吗?这个星期在医院里死掉的……竟有这样的事!"

约纳看一下他的话产生了什么影响,可是一点影响也没看见。那个青年人已经盖好被子,连头蒙上,睡着了。老人就叹气,搔他的身子……如同那个青年人渴望喝水一样,他渴望说话。他的儿子去世快满一个

---

① 马的饲料。

星期了,他却至今还没有跟任何人好好地谈一下这件事……应当有条有理,详详细细地讲一讲才是……应当讲一讲他的儿子怎样生病,怎样痛苦,临终说过些什么话,怎样死掉……应当描摹一下怎样下葬,后来他怎样到医院里去取死人的衣服。他有个女儿阿尼西娅住在乡下……关于她也得讲一讲……是啊,他现在可以讲的还会少吗?听的人应当惊叫,叹息,掉泪……要是能跟娘们儿谈一谈,那就更好。她们虽然都是蠢货,可是听不上两句就会哭起来。

"去看一看马吧,"约纳想,"要睡觉,有的是时间……不用担心,总能睡够的。"

他穿上衣服,走到马房里,他的马就站在那儿。他想起燕麦、草料、天气……关于他的儿子,他独自一人的时候是不能想的……跟别人谈一谈倒还可以,至于想他,描摹他的模样,那太可怕,他受不了……

"你在吃草吗?"约纳问他的马说,看见了它的发亮的眼睛,"好,吃吧,吃吧……既然买燕麦的钱没有挣到,那咱们就吃草好了……是啊……我已经太老,不能赶车了……该由我的儿子来赶车才对,我不行了……他才是个地道的马车夫……只要他活着就好了……"

约纳沉默了一会儿,继续说:

"就是这样嘛,我的小母马……库兹马·约内奇不在了……他下世了……他无缘无故死了……比方说,你现在有个小驹子,你就是这个小驹子的亲娘……忽然,比方说,这个小驹子下世了……你不是要伤心吗?"

那匹瘦马嚼着草料,听着,向它主人的手上呵气。

约纳讲得入了迷,就把他心里的话统统对它讲了……

诽　　谤

习字教员谢尔盖·卡皮统内奇·阿希涅耶夫把女儿娜达丽雅嫁给史地教员伊凡·彼得罗维奇·洛沙津内依了。婚礼喜气洋洋。大厅里的人们唱歌、奏乐、跳舞。从俱乐部里雇来的仆役们,穿着黑色礼服,扎着肮脏的白领结,在各处房间里跑进跑出,忙得不亦乐乎。到处人声嘈杂,谈笑风生。数学教员达兰土洛夫、法国人巴代库阿和稽核局低级稽查员叶果尔·威涅季科狄奇·姆兹达,并排坐在长沙发上,急急忙忙、争先恐后地对客人们讲起活埋人的事,发表对招魂术①的意见。三个人都不相信招魂术,然而又都承认这个世界上自有许多事情是人类的智慧绝对不能理解的。另一个房间里,文学教员多东斯基向客人们解释在什么情况下哨兵有权利射击过路的行人。这些谈话,您看得出来,是吓人的,可是听着又蛮有意思。至于那些按社会地位来说没有权利走到房间里来的人,都在院子里凑着窗口往里看。

午夜十二点整,主人阿希涅耶夫走进厨房里去看一看晚宴准备停当没有。厨房里,从地板到天花板,满是烟雾,弥漫着鹅、鸭和其他许多食品的气味。那儿有两张桌子,上面放着形形色色的冷荤菜和酒类,摆得凌乱而又富于艺术趣味。厨娘玛尔法在桌子旁边忙碌,她是个红脸的女人,肚子特别大,用腰带勒紧。

"你让我看一下鲟鱼,大妈!"阿希涅耶夫说,搓着

---

① 一种骗人的法术:假装把死人的灵魂招来,进行笔谈。

手,舔嘴唇。"多么好闻的气味,多么浓的香气啊!我恨不能把整个厨房一口吞下肚去呢!快,把鲟鱼拿给我看!"

玛尔法走到一条长凳跟前,小心地略微掀起油污的报纸。报纸底下,在极大的盘子上,放着一条大鲟鱼,浇过汁水而结了冻,上面红红绿绿地撒着些刺山柑花芽、油橄榄和胡萝卜。阿希涅耶夫瞧着鲟鱼,叫了一声哎呀。他满脸放光,眼珠往上翻。他低下头去,嘴唇发出那么一种声音,类似没上油的车轮的转动声。他站了一会儿,高兴得用手指头打个榧子,又吧嗒一下嘴唇。

"好家伙!热烈的亲嘴声呀。……你在那儿跟谁亲嘴啊,玛尔富霞①?"隔壁房间里响起说话声,副班主任万金那头发剪短的脑袋从门口探进来,"你这是跟谁亲嘴?啊啊啊……很愉快!原来是谢尔盖·卡皮统

---

① 玛尔法的爱称。

内奇！不消说，好一个老爷爷！跟女人幽会①呢！"

"我根本没亲嘴，"阿希涅耶夫困窘地说，"这是谁跟你说的，傻瓜？我这是那个……吧嗒一下嘴唇，关于……因为心里高兴。……我看见这条鱼了。……"

"随你去说吧！"

万金脸上现出欢畅的笑容，随后把头缩回去，关上房门。阿希涅耶夫涨红了脸。

"鬼才知道是怎么回事！"他暗想，"现在他一出去，这个混蛋，就会造我的谣，他会在全城人面前丢我的脸，畜生。……"

阿希涅耶夫胆怯地走进大厅里，斜起眼睛瞧着旁边：万金在哪儿？万金正站在大钢琴旁边，豪放地弯下腰去，对中学副校长的笑呵呵的小姨子低声说话。

"这是在说我！"阿希涅耶夫暗想，"这是在说我，该死的！而且她相信了……相信了！她在笑！我的上

---

① 原文为法语。

帝啊！不行,这事可不能放过去不管……不。……我得想办法让人家不信他的话。……我要跟大家说明他的把戏,那样一来,他就会成为蠢货和造谣的人了。"

阿希涅耶夫搔搔头皮,带着发窘的神情走到巴代库阿跟前。

"刚才我到厨房里去过,安排一下开晚饭的事,"他对那个法国人说,"您,我知道,是喜欢吃鱼的,我呢,买了条鲟鱼,老兄,呱呱叫！有两俄尺①长呢！嘻嘻嘻。……是啊,顺便说一句……我倒差点忘了。……刚才在厨房里,为那条鲟鱼还闹了个十足的笑话！我刚才走进厨房里去,想看看吃食。……我瞧着鲟鱼,心里一高兴……嘴里犯馋了,就吧嗒一下嘴唇！当时那个蠢货万金忽然走进来,说……哈哈哈……他说:'啊啊……你们在这儿亲嘴?'居然说我跟玛尔法亲嘴,跟厨娘亲嘴！亏他想得出,愚蠢的人！那个娘

---

① 旧俄长度单位,1俄尺等于0.71米。

们儿丑得要命,所有的野兽加在一起都没那么吓人,可是他说什么……亲嘴!真是个怪人!"

"谁是怪人?"达兰土洛夫走过来,问道。

"就是万金那个家伙呗!刚才我走进厨房里……"

他就把万金的事讲一遍。

"他叫人好笑,怪人!依我看来,跟一条大狗亲嘴也比跟玛尔法亲嘴愉快呢。"阿希涅耶夫补充说。他回头一看,瞧见姆兹达站在他身后。

"我们在谈万金呢,"他对他说,"他是个大怪人!刚才他走进厨房里来,看见我跟玛尔法在一起,就想入非非,诌出各式各样的玩笑来。他说:'你们怎么亲起嘴来了?'看样子,他必是喝醉了酒。我就说,我宁可跟火鸡亲嘴,也不跟玛尔法亲嘴。再者,我说,我又有老婆,你这个蠢货。他真惹人好笑!"

"谁惹得您好笑?"教宗教课的教士走到阿希涅耶夫跟前来,问道。

"万金呗。您要知道,我本来站在厨房里,瞧着一条鲟鱼……"

如此等等。过了半个钟头光景,所有的客人都知道鲟鱼和万金的那件事了。

"现在让他去讲吧!"阿希涅耶夫搓着手暗想,"让他去讲吧!他开口一讲,人家就会立刻对他说:'你算了吧,傻瓜,别胡说了!我们全知道了!'"

于是阿希涅耶夫完全放了心,高兴得多喝下四杯酒。晚宴后,他把新婚夫妇送进卧室,然后他回到自己房间里,倒头便睡,像是一个什么过错也没有犯的孩子。第二天他已经不记得鲟鱼的事了。可是,呜呼!谋事在人,成事在天。贫嘴薄舌总会惹出坏事,阿希涅耶夫的巧计没帮上他的忙!整整过了一个星期,恰好在星期三那天,下第三堂课后,阿希涅耶夫正站在教员室中央,议论学生维塞金变坏的倾向,不料校长走到他跟前来,把他叫到一旁去。

"您听我说,谢尔盖·卡皮统内奇,"校长说,"请您原谅我。……这不关我的事,不过我仍旧得让您知道。……这是我的责任。……您要知道,目前有流言,说您跟那个……跟厨娘勾搭上了。……这不关我的事,不过……您管自跟她私奸,管自跟她亲嘴……您爱怎么干就怎么干,只是,劳驾,不要这么张扬出来!我请求您!您不要忘记您是老师!"

阿希涅耶夫周身发凉,愣住了。他仿佛给一大窝蜂蜇了个够,又仿佛被滚烫的开水浇得遍体烫伤似的,走回家去。他一面走,一面觉得全城的人都在看他,就像他浑身涂了煤焦油似的。……家里,还有新的灾难在等他呢。

"你怎么一点东西也吃不下去?"他的妻子在吃饭的时候问他说,"你在想什么心思?想的是风流事吧?你在惦记玛尔富霞吧?我全知道了,邪教徒!那些好心的人擦亮了我的眼睛!哼……野蛮人!"

于是他挨了一记耳光!……他从饭桌那儿站起来,觉得脚底下没踩着地,帽子也没戴,大衣也没穿,慢腾腾地往万金家里走去。他碰上万金正好在家。

"你这个混蛋!"阿希涅耶夫对万金说,"你为什么在全世界面前把我的脸抹黑?你为什么存心诽谤我?"

"什么诽谤?您在胡思乱想些什么呀!"

"那么是谁诽谤我,说我跟玛尔法亲嘴?不是你吗?你说说看!不是你吗,强盗?"

万金开始眨巴眼睛,他那张憔悴的脸上根根筋都在抽搐,他抬起眼睛瞧着圣像,说:

"上帝惩罚我吧!哪怕我说过您一句坏话,也叫我瞎眼,断气!叫我不得好死!我就是得霍乱死掉也死有余辜!……"

万金的诚恳是无可怀疑的。显然,诽谤他的不是万金。

"那么到底是谁呢?是谁呢?"阿希涅耶夫沉思着,在记忆里把他所有的熟人依次考察一遍,不住捶胸口。"到底是谁呢?"

"那么到底是谁呢?"我们也要问一问读者诸君了。……

无　题

在第五世纪,就跟现在一样,太阳每天早晨升起来,每天傍晚落下去睡觉。每到早晨最初射来的阳光吻着露珠,大地就复活了,空中充满欢欣、喜悦、希望的声音,可是到傍晚,大地却安静下来,沉浸在森严的黑暗中了。这个白天跟第二个白天一样,这个夜晚跟第二个夜晚一样。有的时候乌云四合,雷声隆隆,要不然有一颗心不在焉的星星从天空掉下来,再不然,有一个脸色惨白的修士跑来告诉他的同行,说是他在离修道院不远的地方看见一只老虎,生活的变化不过如此而已。以后就又是这个白天跟第二个白天一样,这个夜晚跟第二个夜晚一样了。

修士们工作,祷告上帝,他们的老修道院长弹风琴,用拉丁语写诗,作曲子。这个了不起的老人有不同寻常的才华。他弹起风琴来,手法高妙,就连那些最老的修士,已经风烛残年,耳朵发聋了,听见琴声从他的修道室飘来,也还是会忍不住流下眼泪。每逢他讲起什么,哪怕是最普通的东西,例如树木、野兽、海洋,听的人也不能不微笑或者落泪,似乎他的灵魂里也响着细弦,像风琴里一样。不过,假如他大发脾气,或者高兴极了,或者讲起一件可怕的大事,他心里就会充满热烈的灵感,他那亮晶晶的眼睛就涌出泪水,脸色发红,嗓音像雷鸣那样洪亮,听他讲话的修士们就觉得他的灵感抓紧了他们的心。在这类壮丽美妙的时刻,他的威力无边无际,如果他吩咐他的长老们纵身跳海,他们就会齐心一致,欢欢喜喜,赶紧按照他的意志行事。

他的音乐,嗓音,他写来赞美上帝、天空、大地的诗篇,对那些修士说来,成了经常的欢乐的泉源。往往会发生这样的情形:他们生活单调,已经看厌树木,不喜欢春季和秋天,听腻海水的哗哗声,连鸟雀的歌声也听不入耳了,可是老修道院长的才能,却像粮食一样,是每天都缺少不得的。

好几十年过去了,这个白天仍旧跟那个白天相似,这个夜晚仍旧跟那个夜晚一样。修道院附近,除了野鸟和野兽以外,一个活人也见不着。离这儿最近的有人烟之处其实也远得很,从修道院走到那儿或者从那儿来到修道院,都要穿过荒野,走一百俄里左右的路。只有蔑视生活、避开生活、把走进修道院看成走进坟墓的人才会下决心穿过这片荒野。

因此,一天晚上,有个人来敲他们的大门,而且那个人竟是城里人,竟是极普通的、热爱生活的人,这就使得修士们大吃一惊了。那个人并不急于要求修道院院长祝福,也不急于祷告,却先要葡萄酒喝,要东西吃。他们问他是怎么从城里跑到荒野上来的,他却讲了个冗长的打猎故事算是回答:他原是出来打猎的,喝多了酒,迷路了。他们要他在这儿做修士,拯救自己的灵魂,他却微微一笑,回答说:"我可做不了你们的伙伴。"

他吃饱喝足后,打量那些服侍他的修士,不以为然地摇摇头,说:

"你们什么事也不做,修士们。你们只知道吃喝。难道这样就能够拯救自己的灵魂?你们想一想,你们平心静气地坐在这儿,吃啊喝的,梦想着幸福,你们的邻人呢,却在灭亡,往地狱走去。你们应当看一看城里是什么情形才是!有的人饿得要死,有的人却不知道该拿自己的金子怎么办才好,索性沉溺在放荡的生活里,毁掉自己,就跟粘在蜂蜜上的苍蝇一样。人们既没有信仰,也没有真理!拯救他们,该是谁的工作?向他们传道,该是谁的工作?莫非该由我这个一天到晚喝醉酒的人来管?上帝赐给你们温和的精神、热爱的心灵、信仰,难道就是要你们坐在这儿,关在四堵墙当中,什么事也不干?"

这个城里人的醉话狂妄,不中听,可是对修道院院长却起了奇怪的作用。老人跟修士们面面相觑,脸色发白,说:

"弟兄们,要知道他说的是真话!确实,那些可怜的人头脑糊涂,性格软弱,才在恶习和缺乏信仰中沉沦,我们呢,安然不动,仿佛这跟我们不相干似的。我何不赶到那边去,叫他们想起他们忘却的基督呢?"

城里人的话打动了老人的心。第二天他拿起手杖,跟修士们告别,动身到城里去了。那些修士就此没有音乐可听,也听不到他的话语和诗句了。

他们寂寞地度过了一个月,两个月,可是老人没有回来。最后,又过去一个月,这才响起他那根手杖点着土地的熟悉声音。修士们拥上前去迎接他,纷纷对他发问,然而他看到他们,不但没有高兴起来,反而一句话也没说,却沉痛地哭了。修士们发现他老多了,瘦多了。他脸色疲惫,现出深深悲哀的神情。他一哭,那样子就像是一个受了侮辱的人。

修士们也哭起来,而且同情地问他为什么哭,为什么他的脸色这么阴沉,可是他一句话也没说,走进他的修道室,关上门。他在那里面一连坐了七天,什么也不吃,什么也不喝,既不弹风琴,也不哭。修士们来敲门,或者要求他出去把他的伤心事告诉他们,他却用深沉的缄默回答他们。

最后他总算出来了。他把所有的修士召集到身旁来,脸上泪痕斑斑,带着忧伤愤怒的神情开始叙述这三个月他经历过的事。他先讲从修道院到城里去的旅途情形,声调平静,眼睛含着笑意。他说,在路上鸟雀对他唱歌,溪水对他发出淙淙声,美妙而年轻的希望激动他的灵魂。他一面走,一面感到自己像个去参加战斗而且有必胜把握的士兵。一路上,他只顾幻想,作诗,编赞美歌,至于他的旅程是怎样结束的,竟一点也没留意。

可是他一讲到那座城和城里人,他的嗓音就发抖,眼睛发亮,满腔愤慨。他进城后遇到的那些事,他生平从没见过,甚至也不敢想象。直到这时候,到他年老,他才生平第一次看到而且懂得魔鬼是多么强大有力,恶是多么美丽,人是多么软弱,懦怯,渺小。事情很不凑巧,他走进第一个有人住的地方,就碰上花天酒地的生活。约摸有五十个很有钱的人在那儿吃饭,喝起酒来没完没了。他们喝醉了就唱歌,大胆说出种种可怕而又可恶的话,像那样的话是敬畏上帝的人绝不敢说出口的。他们自由自在,生机勃勃,十分快活,既不怕上帝,也不怕魔鬼,更不怕死亡,想说什么就说什么,想干什么就干什么,他们的欲望驱使他们到哪里去,他们就到哪里去。葡萄酒像琥珀那么明净,盖着薄薄一层金黄色泡沫,一定甜得不得了,也香得不得了,因为每个喝酒的人都畅快地微笑,想再喝点。人们在微笑,酒也就用微笑回报他们。每逢人们喝它,它就欢快地泡沫四溅,仿佛它知道它的甜味里隐藏着多么邪恶的魔力似的。

老人继续叙述他的见闻,越讲越激昂,气得哭起来。他说,在那些纵酒的人当中,放着一张桌子,上面站着个半裸体的荡妇。在自然界中,有什么东西能比她更美,更迷人,那是很难想象,很难找到的了。这个坏女人年纪轻,头发长,皮肤黝黑,一对黑眼睛,两片厚嘴唇,不怕羞,老脸皮,露出两排雪白的牙齿,微微笑着,仿佛想说:"你们看,我多么老脸皮,多么漂亮!"丝绸和锦缎形成好看的褶子,从她的肩头滑下来,然而她的美丽不肯藏在衣服里,倒像是春天从土壤里冒出来的嫩草,急于从褶子里钻出来。这个老脸皮的女人喝葡萄酒,唱歌,谁要她,她就扑到谁怀里。

后来老人愤怒地摇着胳膊,叙述赛马场、斗牛、剧院、艺术家的工作室,那些艺术家在工作室里画裸体的女人,用黏泥把她们塑造出来。他讲得热烈,动听,响亮,仿佛在弹奏肉眼看不见的琴弦。修士们目瞪口呆,贪婪地听他讲话,兴奋得透不出气来。……老人讲完魔鬼的一切魔力、恶的美丽、可恶的女人肉体的千娇百媚,就把魔鬼痛骂一顿,然后走回房去,关紧房门。……

他第二天早晨走出修道室,修道院里却连一个修士也没有。他们统统跑进城里去了。

阿尔比昂的女儿①

有一辆讲究的四轮马车,安着橡胶轮胎,铺着丝绒坐垫,由一个身体壮实的马车夫赶着,来到地主格利亚包夫的家门口。本县首席贵族费多尔·安德烈伊奇·奥特佐夫从四轮马车上跳下来。穿堂里有个睡意蒙眬的听差迎接他。

"主人在家吗?"首席贵族问。

"不在,先生。太太带着孩子们出外做客,老爷同

---

① 阿尔比昂是英国的古名,这个题名的意思是"一个英国女人"。

家庭女教师一块儿去钓鱼。他们从一清早就出去了,先生。"

奥特佐夫站了一会儿,沉吟一下,就走到河边去寻找格利亚包夫。他走出家门两俄里远,在河边找到他了。奥特佐夫从高陡的河岸上往下看,瞧见格利亚包夫,不由得扑哧一笑。……格利亚包夫是个又魁梧又胖的男子,生着很大的脑袋,在沙地上坐着钓鱼,像土耳其人那样把两条腿盘在身子底下。他的帽子推到后脑勺上,领带歪在一边。他身旁站着一个身材修长的英国女人,生着大虾般的暴眼睛,她那类似鸟嘴的大鼻子与其说是鼻子,不如说是钩子。她穿着白色薄纱连衣裙,隔着衣服可以明显地看出她那对瘦削的黄肩膀。她的金黄色腰带上挂着一只小小的金怀表。她也在钓鱼。四周是死一般的寂静。两个人像河水一样静止不动,他们的浮子在河面上漂着。

"这就叫作'瘾头极大,时运很糟'!"奥特佐夫笑着说,"你好,伊凡·库兹米奇!"

"哦……是你吗?"格利亚包夫问,仍然目不转睛地瞧着河水。"你来了?"

"是啊。……可是你还在干这种无聊的事!你还没腻烦吗?"

"活见鬼。……要知道,我钓了一天的鱼,从清早就来了。……今天钓鱼的运气可真差。不管是我,还是这个女妖精,都是什么也没钓着。我们径自在这儿坐着,哪怕钓到一条也好呀!简直急得人要喊救命!"

"你丢开算了。我们喝酒去!"

"慢着。……或许会钓着点什么也未可知。傍晚时分鱼比较容易上钩。……我从一大早起,老兄,就坐在这儿了。我心里的那种气闷,简直没法跟你说。必是魔鬼叫我钓鱼入了迷!我明知这种事无聊,可还是坐着不走!我坐在这儿不动,像是个坏蛋,像是个苦役犯。我瞪起眼睛瞧着河水,活像个傻子!我本来应该到割草场去才对,可是我偏偏在这儿钓鱼。昨天主教在哈波涅沃村做礼拜,可是我没去,却在这儿呆坐着,喏，跟这条鲟鱼在一起……跟这个母夜叉在一起。……"

"可是……你发疯了？"奥特佐夫问道，难为情地斜起眼睛瞧着英国女人，"你当女人的面骂街……而且又骂的是她。……"

"滚她的吧！反正俄国话她连一个字也听不懂。你夸她也罢，骂她也罢，在她反正一样！你瞧她那鼻子！单是那个鼻子，你一瞧见就会当场昏厥！我们一块儿在这儿守了好几天，连一句话也没谈过！她站在那儿好比一个稻草人，瞪大眼睛瞅着河水不动。"

英国女人打了个哈欠，换上新的钓饵，把钓钩丢出去。

"我，老兄，纳闷得不得了！"格利亚包夫接着说，"这个傻透了的娘们儿在俄国住了十年，可是俄国话连一个字也听不懂！……我们这儿随便哪个小贵族，到她的国家去一趟，马上就学会她们的话，叽里呱啦说起来，可是她们……鬼才知道是怎么回事！你瞧瞧那个鼻子！那个鼻子,你瞧瞧！"

"得了,别说了。……怪难为情的。……何苦攻击女人呢?"

"她不是女人,而是处女。……恐怕她还巴望人家来求婚呢,鬼东西。她身上冒出一股腐朽的气味。……我恨她,老兄！要我见着她而不生气,我办不到！每逢她的大眼睛瞟我一下,我就浑身起鸡皮疙瘩,仿佛我的胳膊肘撞在栏杆上似的。她也喜欢钓鱼。你瞧:她在钓鱼,大模大样的！她看不起所有的人。……她,这个坏婆娘,站在那儿,感到她是个人,因此她就是大自然的女王。你知道她叫什么名字?薇尔卡·查里佐芙娜·特法依斯！呸！……念起来多么不顺口！"

英国女人听见她自己的姓名,就慢腾腾地把她的鼻子往格利亚包夫那边转过去,用轻蔑的眼光打量他。她丢开格利亚包夫,抬起眼睛来,眼光移到奥特佐夫身上,把轻蔑倾泻到他身上去。所有这些举动都是一声不响,尊严而又从容不迫地做出来的。

苦恼集

"你看见了吧?"格利亚包夫问,哈哈大笑,"她仿佛在说:给你们点颜色看看!哼,你这个女妖精!我完全是为我那些孩子才养着这个特里同①的。要不是为那些孩子,她就连走到离我庄园十俄里远的地方,我也不答应。……她那个鼻子活像鹰嘴。……还有她的腰!这个死气沉沉的女人使我联想到一根长钉子。你要知道,我真想不管三七二十一,抓住她,一锤子把她钉进地里去。等一等。……好像有鱼上钩了。……"

格利亚包夫跳起来,举起钓竿。钓丝绷紧了。……格利亚包夫又拉一次,却没把钓钩拽出来。

"它钩住一个什么东西了!"他说,皱起眉头,"多半是钩住石头了。……见它的鬼。……"

格利亚包夫脸上现出痛苦的神情。他唉声叹气,不安地扭动身子,嘴里骂骂咧咧,动手拉钓丝。拉了一阵却没有结果。格利亚包夫脸色苍白了。

---

① 希腊神话中一个半人半鱼的海神。

"真要命！我非下水不可。"

"你算了吧！"

"不行。……天近傍晚，鱼正好上钩呢。……可是出了这样的麻烦事，求主宽恕吧！我只好下水一趟。不得不如此！要是你知道我多么不愿意脱衣服就好了！这得把英国女人赶走才成。……当她的面不便脱衣服。要知道，她毕竟是女人啊！"

格利亚包夫脱掉帽子，解下领结。

"小姐①……呃呃……"他转过脸去对英国女人说，"特法依斯小姐！我请求您②……哎，该怎么跟她说呢？哎，该怎么跟你说，才能叫你听懂呢？您听着……那边！您到那边去！听见了吗？"

特法依斯小姐把轻蔑的目光倾泻在格利亚包夫身上，鼻子里哼一声。

"什么，小姐？您没听懂？我跟你说：从这儿走

---

① 原文为英语。
② 原文为法语。

开！我要脱光衣服,鬼东西！你到那边去！那边！"

格利亚包夫拉一拉小姐的衣袖,对她指着灌木丛,蹲下去,那意思是说：你到灌木丛后边去,在那儿躲一躲。……英国女人使劲挑动眉毛,很快地说出一句很长的英国话。两个地主都扑哧一声笑了。

"这是我生平第一次听见她的说话声。……不用说,这就是她的说话声！她不明白！哎,我拿她怎么办呢？"

"算了！我们去喝酒吧！"

"不行,现在正是钓鱼的时候。……到傍晚了。……哎,你说我该怎么办？这才麻烦！那就只好当她的面脱衣服。……"

格利亚包夫脱掉上衣和坎肩,然后坐在沙地上脱皮靴。

"听我说,伊凡·库兹米奇,"首席贵族说,捂住嘴哈哈大笑,"这,我的朋友,简直是戏弄人,欺人太甚了。"

"谁也没要求她听不懂我的话呀。这也是给她们外国人一个教训!"

格利亚包夫脱掉皮靴和裤子,脱掉内衣裤,换成亚当的打扮①。奥特佐夫笑得捧住肚子。他又笑又臊,脸都涨红了。英国女人不住地扬眉毛,眨巴眼睛。……她那张黄脸上掠过一丝高傲而轻蔑的笑容。

"应当让我的身子凉一凉再下水,"格利亚包夫说,拍打他的大腿,"劳驾,你说说看,费多尔·安德烈伊奇,为什么每年夏天我的胸脯上总要出些红疹子?"

"你就快点下水吧,要不然拿点什么东西来挡挡身子也好。畜生!"

"她才不会害臊呢,坏娘们儿!"格利亚包夫说着,走到河水里去,在胸前画十字,"呵,呵……水好凉啊。……你瞧瞧她的眉毛动得多么厉害!她不走。……她高高地站在我们这些人之上!嘻嘻嘻。……她根本

---

① 即"赤身露体"。按基督教传说,亚当是神创造的第一个人,赤身露体。

就不把我们当人看!"

他走进水里,水齐到膝部。他挺直魁梧的身子,挤了挤眼睛,说:

"这儿,老兄,可不是她的英国!"

特法依斯小姐冷静地换上钓饵,打个哈欠,把钓钩丢到水里。奥特佐夫掉过脸去。格利亚包夫把钓钩解下来,在水里扎了个猛子,气喘吁吁地爬出水来。过两分钟,他在沙地上坐着,又钓鱼了。

胖子和瘦子

尼古拉铁路①一个火车站上,有两个朋友相遇:一个是胖子,一个是瘦子。胖子刚在火车站上吃过饭,嘴唇上沾着油而发亮,就跟熟透的樱桃一样。他身上冒出白葡萄酒和香橙花的气味。瘦子刚从火车上下来,拿着皮箱、包裹和硬纸盒。他身上冒出火腿和咖啡渣的气味。他背后站着一个长下巴的瘦女人,是他的妻子。还有一个高身量的中学生,眯细一只眼睛,是他的

---

① 在莫斯科和彼得堡之间的一条铁路,以沙皇尼古拉一世命名。

苦 恼 集

儿子。

"波尔菲利!"胖子看见瘦子,叫起来,"真是你吗? 我的朋友!很久没见面了!"

"哎呀!"瘦子惊奇地叫道,"米沙!小时候的朋友!你这是从哪儿来?"

两个朋友互相拥抱,吻了三次,然后彼此打量着,眼睛里含满泪水。两个人都感到又惊又喜。

"我亲爱的!"瘦子吻过胖子后开口说,"这可没有料到!真是出其不意!嗯,那你就好好地看一看我!你还是从前那样的美男子!还是那么个风流才子,还是那么讲究穿戴!上帝啊!嗯,你怎么样?很阔气吗?结了婚吗?我呢,你看,已经结婚了。……这就是我的妻子露意丝,娘家姓万增巴赫……她是新教徒。……这是我儿子纳法纳伊尔,中学三年级学生。这个人,纳法尼亚①,是我小时候的朋友!我们一块儿在中学里

---

① 纳法纳伊尔的爱称。

念过书!"

纳法纳伊尔想了一会儿,脱下帽子。

"我们一块儿在中学里念过书!"瘦子继续说,"你还记得大家怎样拿你开玩笑吗?他们给你起个外号叫赫洛斯特拉特①,因为你用纸烟把课本烧穿一个洞。他们也给我起个外号叫厄菲阿尔特②,因为我喜欢悄悄到老师那儿去打同学们的小报告。哈哈。……那时候咱们都是小孩子!你别害怕,纳法尼亚!你管自走过去,离他近点。……这是我妻子,娘家姓万增巴赫……新教徒。"

纳法纳伊尔想了一会儿,躲到父亲背后去了。

"嗯,你的景况怎么样,朋友?"胖子问,热情地瞧着朋友,"你在哪儿当官?做到几等官了?"

"我是在当官,我亲爱的!我已经做了两年八等

---

① 希腊人,公元前356年放火烧掉了以弗所(小亚细亚)的阿耳忒弥斯神庙,因而闻名。
② 希腊人,公元前5世纪,为波斯军队带路,出卖同胞,引敌入境。

文官,还得了斯坦尼斯拉夫勋章。我的薪金不多……哎,那也没关系!我妻子教音乐课,我呢,私下里用木头做烟盒。很精致的烟盒呢!我卖一卢布一个。要是有人要十个或者十个以上,那么你知道,我就给他打个折扣。我们好歹也混下来了。你知道,我原来在衙门里做科员,如今调到这儿同一类机关里做科长。……我往后就在这儿工作了。嗯,那么你怎么样?恐怕已经做到五等文官了吧?啊?"

"不,我亲爱的,你还要说得高一点才成,"胖子说,"我已经做到三等文官。……有两枚星章了。"

瘦子突然脸色变白,呆若木鸡,然而他的脸很快就往四下里扯开,做出顶畅快的笑容,仿佛他脸上和眼睛里不住迸出火星来似的。他把身体缩起来,哈着腰,显得矮了半截。……他的皮箱、包裹和硬纸盒也都收缩起来,好像现出皱纹来了。……他妻子的长下巴越发长了。纳法纳伊尔挺直身体,做出立正的姿势,把他制服的纽扣全都扣上。……

"我,大人……很愉快!您,可以说,原是我儿时的朋友,现在忽然间,青云直上,做了这么大的官,您老!嘻嘻。"

"哎,算了吧!"胖子皱起眉头说,"何必用这种腔调讲话呢?你我是小时候的朋友,哪里用得着官场的那套奉承!"

"求上帝饶恕我。……您怎能这样说呢,您老……"瘦子赔笑道,把身体缩得越发小了,"多承大人体恤关注……有如使人再生的甘霖。……这一个,大人,是我的儿子纳法纳伊尔……这是我的妻子露意丝,在某种程度上说,是新教徒。……"

胖子本来打算反驳他,可是瘦子脸上露出那么一副尊崇敬畏、阿谀谄媚、低首下心的丑相,弄得三等文官恶心得要呕。他扭过脸去不再看瘦子,光是对他伸出一只手来告别。

瘦子握了握那只手的三个手指头,弯下整个身子去深深一鞠躬,嘴里发出像中国人那样的笑声:"嘻嘻嘻。"他妻子微微一笑。纳法纳伊尔并拢脚跟立正,把制帽掉在地下了。三个人都感到又惊又喜。

功败垂成

伊里亚·谢尔盖伊奇·彼普洛夫和他的妻子克列奥巴特拉·彼得罗芙娜正站在房门外边贪婪地偷听。房门里边,在小小的客厅里,看来在进行一场爱情的表白,当事人是他们的女儿娜达宪卡和县立学校教师舒普金。

"有希望了!"彼普洛夫小声说,焦急得浑身发抖,不住搓手。"你要注意,彼得罗芙娜,等他们一谈到感情,你就马上从墙上取下圣像来,我们就走进去给他们祝福。……我们要当场抓住他不放。……举着圣像祝福,是神圣不可侵犯的事。……到那时候,哪怕他到法院里去打官司,也赖不掉。"

房门里边正在进行这样的谈话:

"您别耍小性子了,"舒普金说,在他那条方格花裤上划亮一根火柴,"我压根儿就没给您写过信!"

"嗯,是啊!倒好像我认不出您的笔迹似的!"姑娘咯咯地笑着说,装腔作势地逼尖喉咙,不时照一照镜子。"我一眼就认出来了!您这人多么奇怪呀!您是书法教师,可是您写的字却像蜘蛛爬!要是您自己写不好,那怎么教别人写呢?"

"哦!……这倒无关紧要。上书法课,主要的不在于字写得好坏,主要的是管住学生不要胡闹。用戒尺敲这个学生的脑袋,打发那个学生去罚跪就行了。……再者,字写得好有什么了不得的!无关紧要!涅克拉索夫是个作家,可是他写的字却叫人看着害臊。在他的集子里就印着他的笔迹。"

"那是涅克拉索夫,而这是您……"她说,叹口气,

"我倒乐意嫁给一个作家。那他就会经常给我写些诗留作纪念!"

"要是您愿意的话,我也能给您写诗哟。"

"可是您能写些什么呢?"

"写爱情啦……写感情啦……写您的眼睛啦。……您读了就会神魂飘荡。……您会感动得掉泪!不过要是我给您写一首富于感情的诗,您能让我吻一吻您的小手吗?"

"那有什么大不了的!……就是现在您也可以吻嘛!"

舒普金就跳起来,瞪大眼睛,低下头去凑近她胖乎乎的、冒出香皂气味的小手。

"快把圣像取下来,"彼普洛夫急忙说道,用胳膊肘碰一下他的妻子,激动得脸色苍白,扣好衣服上的纽扣,"我们走进去!快!"

彼普洛夫一秒钟也没耽搁就推开了房门。

"孩子们……"他喃喃地说,举起双手,泪汪汪地眨巴眼睛。"上帝祝福你们,我的孩子们。……祝你们生活如意……养儿养女……多子多孙。……"

"我……我也祝福你们……"妈妈说,幸福得哭起来,"祝你们幸福,亲爱的!啊,您把我唯一的宝贝儿夺去了!"他对舒普金说,"那么您要爱我的女儿……疼她。……"

舒普金惊讶得张开嘴,吓坏了。这两位父母的进攻那么突兀,那么大胆,弄得他一句话也说不出来。

"我中了圈套!他们是硬逼我成亲!"他暗想,吓得呆住了。"现在你算完蛋了,老兄!你逃不脱了!"

他就乖乖地低下头去,仿佛想说:"你们把我抓去吧,我被征服了!"

"我……我祝福你们……"爸爸继续说,也哭起来,"娜达宪卡,我的女儿……你跟他并排站好。……彼得罗芙娜,把圣像拿过来。……"

可是这时候父母两人突然止住哭泣,父亲气愤得脸色大变。

"笨货!"他生气地对妻子说,"你这个糊涂虫!难道这是圣像吗?"

"哎呀,圣徒啊!"

出了什么事?书法教师胆怯地抬起眼睛,这才看见他得救了:原来妈妈仓促中从墙上取下来的并不是圣像,而是作家拉热奇尼科夫[①]的相片。老人彼普洛夫和他的妻子克列奥巴特拉·彼得罗芙娜手里举着那张相片,站在那儿发窘,不知道该怎么办,该说什么好。书法教师趁着他们心慌意乱,就逃之夭夭了。

---

① 拉热奇尼科夫(1792—1869),俄国作家。

别墅的住客

在别墅区火车站的月台上,有一对新婚夫妇在散步。他搂住她的腰,她依偎着他,两个人都感到幸福。月亮从云层中探出头来,瞧着他们,皱起眉头:大概它心里嫉妒,为它那寂寞的而且谁也不需要的处女生活感到懊丧吧。纹丝不动的空气里饱含着丁香花和稠李花的香气。铁道对面,不知什么地方,有一只长脚秧鸡在叫。……

"多么好,萨沙,多么好啊!"妻子说,"真的,这简直跟做梦似的。你看,那个小树林显得多么安适而亲切！那些坚固而沉默的电线杆子多么可爱！它们,萨沙,给四周的景物添了生气,它们在说:那边,在一个什么地方,有许多人……有文明。……每逢清风轻轻地把奔驰的火车的响声送到你耳边来,难道你不感到高兴吗?"

"是的。……不过,你的手多么热!这是因为你激动,瓦丽雅。……今天我们的晚饭有些什么菜?"

"有冷杂拌汤,有仔鸡。……那只仔鸡够我俩吃的了。城里有人给你带来了沙丁鱼和咸鱼肉。"

月亮仿佛闻了一撮鼻烟似的,藏到云层里面去了。人类的幸福使它联想到它的孤独生涯,联想到它在树林和山谷后面那张孤零零的床。……

"火车开来了!"瓦丽雅说,"多好啊!"

远方露出三只火红的眼睛。这个小火车站的站长走到月台上来。那两道铁轨旁边,这儿那儿地闪着信号灯的灯光。

"我们把这趟火车送走,就回家去,"萨沙说,打了个呵欠,"我和你生活得真好,瓦丽雅,好得简直叫人没法相信!"

一个乌黑而可怕的庞然大物不出声地朝月台爬过来,停住了。半明半暗的车窗里闪过睡意蒙眬的脸、帽子、肩膀。……

"啊!啊!"一个车厢里传来说话声,"瓦丽雅跟她丈夫来接我们了!那就是他们!瓦丽雅!……瓦丽雅!啊!"

两个小姑娘从车厢里跳下来,搂住瓦丽雅的脖子。她们后面出现一个上了年纪的胖太太和一个又高又瘦的先生,留着白色连鬓胡子,随后是两个男中学生,身上背着行李,中学生后面是个女家庭教师,女教师后面还有个老奶奶。

"我们来了,我们来了,好朋友!"留着连鬓胡子的先生握了握萨沙的手,开口说,"也许你等急了吧!恐怕你在骂舅舅不来了!这是柯里亚、柯斯嘉、尼娜、菲法……我的孩子们!你们来吻表哥萨沙!我们全班人马都到你这儿来了,住上这么三四天。我想,我们不致给你们添麻烦吧?你可千万不要讲客气。"

那对夫妇看见舅舅和他一家人,吓得心惊肉跳。在舅舅讲话和大家互相接吻的时候,萨沙的脑海里闪过一个画面:他和他的妻子把他们的三个房间、枕头、被子统统让给客人们,那些咸鱼肉、沙丁鱼、冷杂拌汤一刹那间吃得精光,表弟们摘掉花朵,泼翻墨水,吵吵闹闹,舅母成天价讲她的病(绦虫病和心口痛),讲她在娘家原是冯·芬契赫男爵小姐。……

萨沙带着憎恨的神情瞧他的年轻的妻子,凑着她的耳朵小声说:"他们是来看你的……见他们的鬼!"

"不,他们是来找你的!"她回答说,脸色苍白,也露出憎恨和气愤的神情,"这不是我的亲戚,是你的!"

说完,她转过身去对着客人们,带着殷勤的笑容说:

"欢迎!"

月亮又从云层里飘游出来。它似乎在微笑,好像心里高兴,因为它总算没有亲戚。这时候萨沙扭过脸去,免得让客人们看见他那气愤绝望的脸色,同时,给他的声调添上一种快活而温和的口气,说:

"欢迎!欢迎,亲爱的客人们!"

识别上方二维码

免费收听契诃夫小说精彩片段